诗画上海

POETIC & PICTURESQUE SHANGHAI

李 军 主编
褚建君 作诗
陆 杰 摄影
张曦文 撰文

复旦大学出版社
中国大百科全书出版社

作者简介

李　军　曾任中国民用航空总局副局长,中国东方航空集团公司党组书记,第十一、十二届全国政协委员。现任中国航空运输协会理事长。著有《诗画北京》。

褚建君　生物学博士,上海交通大学教授、诗人。著有《学诗记》及《地球生命》等专著。

陆　杰　著名纪实摄影师,曾任《上海画报》首席摄影记者。创立陆杰城市影像工作室,完成数百组上海专题作品,出版《世博日记》。

张曦文　复旦大学中文系博士研究生,古代文学专业。

总　　序

郑欣淼

　　诗词艺术是中华优秀传统文化之瑰宝。现代摄影艺术自19世纪中期问世以来，得到了突飞猛进的发展。精美的画面、艳丽的色彩、逼真的效果让摄影艺术风靡世界，走进王宫大院，走进坊间里巷，走进亿万百姓的生活。摄影照片虽然和传统国画有着本质不同，但两者之间的画面感和艺术美也有着许多相通之处。把照片称为影画也未尝不可。如《人民画报》的"画"，其实多是拍摄出来的照片。所以诗意和照片的相互渗透，也可以视作诗和影画的再创作。

　　北宋文学家、画家张舜民曾经在《跋百之书画》中说过："诗是无形画，画是有形诗。"一代文豪苏东坡也在题王维画作《蓝田烟雨图》中说道："味摩诘之诗，诗中有画；观摩诘之画，画中有诗。"苏东坡要求绘画不能单纯描摹外在事物，而要具有深远意境，寄托画家志趣，使人如读诗歌；而诗歌不是单纯抒发作者情志，而要创造生动意象，使人如对图画。因此，诗歌和绘画对意境的共同追求，成了中国诗画高度融合的契合点。唐代王维的诗画作品达到了情景交融、亦诗亦画的至高境界，故被苏轼称为"诗中有画，画中有诗"。

　　因此，中国自古以来就有"诗画合一"的追求与实践。千百年来，传统诗词和经典书画一直承载着陶冶情操、砥砺品格、塑造精神的国学教义，成为中华民族的文化典范，鲜活在亿万华夏儿女的心头。

"诗画中国大型丛书"让诗词艺术与摄影艺术结缘，把凝练的诗词、精美的影画作品、简明的文辞解说巧妙融合，诗图文三维呈现、三美并臻，在艺术形式上具有很强的创新性。这种方法很好地契合了社会快速高效、传播载体微型多元、社会群体"精彩悦读"的时代需求，相信会得到广大读者的欢迎。

在新中国成立70周年之际，"诗画中国大型丛书"创作出版全面启动，其中《诗画北京》《诗画上海》率先面世，可喜可贺！这也是认真学习习近平总书记在全国历次会议上重要讲话精神的具体行动。旨在全景式弘扬中华民族悠久灿烂的历史文化，抒写神州大地的独特风物、壮丽山川，讴歌炎黄子孙砥砺进取的辉煌成就，提供人民群众喜闻乐见的文学作品和阅读工具，无疑是一件文化盛事。

"诗画中国大型丛书"的创作出版，由中华诗词学会诗书画影委员会发起和组织实施，得到中国出版集团公司和大百科全书出版社、复旦大学出版社等单位的大力支持。诗的国度，诗意盎然。这就需要广大文化工作者以宽广的家国情怀，奉献自己的辛勤劳动和文艺才华。用我们手中的笔，用高科技的像机，缅怀历史长河的风云岁月，记录改革开放的时代变迁，展现民族复兴的宏伟蓝图。我们期待有更多的优秀作品早日刊行，以丰富的创作、精彩的呈现，洋溢生命的洪流，融入中华民族的文学史，融入恢宏绚丽的时代画卷。

是为序。

（郑欣淼同志曾任青海省副省长、文化部副部长、故宫博物院院长、政协第十一届全国委员会委员、文史和学习委员会副主任，现任中华诗词学会会长）

前　　言

今年是上海解放70周年,《诗画上海》创作结稿,即将付梓。概略介绍这本书的内容和创作过程。

一

我们创作出版《诗画上海》,是学习贯彻习近平新时代中国特色社会主义思想,为繁荣文学艺术,提供新颖作品。创作中认真落实习近平总书记在2014年10月文艺工作座谈会上重要讲话精神,结合今年3月总书记在全国政协文艺、社科界联组会上提出的要求,着力体现人民性、时代性和多样性,确立了人文性、艺术性和知识性的定位。书中全面介绍了上海的人文地理、建城历史、古韵新貌和发展成就,旨在为大家提供一个文学欣赏的读本,了解上海的媒介和旅游观光的工具。

这本书的体裁,是诗、图、文合集,三位一体,图文并茂。这种形式把古典诗词、散文与现代摄影艺术相结合,具有一定的创新性。这样做的目的,是为了适应当今简约社会既要快捷又需放松的特点,尽可能做到吸引眼球,引人入胜,使大家能够轻松地阅读,并留下深刻的印象。

二

《诗画上海》分为12章。第一章"江河湖海",写上海的人文地理;第二章"吴越江南",以文物古迹写申城的早期始建;第三章"奴殖之殇",写半封建半殖民地时的状况;第四章"商埠开兴",写早期经济贸易发展;第五章"革命摇篮",写上海轰轰烈烈的革命运动;第六章"苦难新生",写早期的反帝反封建,国民党反动统治,日本帝国主义侵略行径,人民浴血抗争取得胜利;第七章"艰苦创业",写新中国建立初期的发展;第八章"率先跨越",

写改革开放以来的辉煌成就；第九章"开明睿智"，写政治建设和科技发展；第十章"兼容并包"，写文化底蕴和文化建设；第十一章"祥和宜居"，写和谐社会、人民生活和宜居之城；第十二章"瑰丽绽放"，写美丽上海和旅游休闲。

在本书的创作中，我们着力突出上海沿江滨海的地理位置、独特的建城历史和文化传承；突出了上海作为红色的摇篮，为中国革命所做出的伟大贡献；突出了上海率先改革开放，所取得的辉煌成就；突出了上海推进"四个中心"建设，在长三角一体化发展和实现中华民族伟大复兴的中国梦的历史进程中，所发挥的关键作用。

三

我们发起创作的《诗画上海》，是《诗画北京》的延续。后者于2016年由北京出版社出版，2017年再版。书的主编李军同志曾任中国东方航空集团公司党组书记，在上海工作5年多时间。得知上海的同志有这个意愿后，欣然拟写了分章和题目，提供了部分诗稿，确立了大的框架。本书创作自始至终得到了长宁区副区长孟庆源同志、上海开放大学航空运输学院院长张东平同志、上海瀚翔教育科技有限公司总经理陆林红女士的关心和支持。我们心存感激。

创作组中，褚建君同志为诗稿作者，潜心创作和精雕细琢；陆杰同志为摄影作者，提供了多年储存的珍贵照片，并根据本书内容专门拍摄。张曦文同志为文字作者，撰写了每篇文章和各章题解。复旦大学出版社委派张志军同志提前进入，使创作出版能够较快进行，并达到质量要求。衷心感谢为本书的出版提供协调和帮助的人士！

《诗画上海》的创作，在庆祝改革开放40周年之时启动，上海解放70周年之日成稿，为中华人民共和国成立70周年献礼！

创作组

2019年5月27日

目　录

总序 / 郑欣淼 …………………………… 1
前言 …………………………… 1

第一章　江河湖海
东海 …………………………… 2
杭州湾 …………………………… 3
长江 …………………………… 5
淀山湖 …………………………… 7
黄浦江 …………………………… 9
苏州河 …………………………… 10
天马山 …………………………… 12
佘山 …………………………… 13
崇明岛 …………………………… 15

第二章　吴越江南
崧泽遗址 …………………………… 18
福泉山遗址 …………………………… 20

广富林遗址……………………21
马桥遗址……………………23
春申君………………………24
沪渎…………………………25
老城厢………………………27
上海古城墙…………………29
大境阁………………………29
朱家角………………………30
七宝古镇……………………33

第三章　奴殖之殇

吴淞古炮台…………………38
跑马总会……………………40
英国领事馆…………………41
俄罗斯领事馆………………42
公共租界会审公廨…………44
法租界会审公廨……………46
公共租界工部局……………47

第四章　商埠开兴

黄道婆纪念馆………………50
商船会馆……………………52
江南制造局…………………53
外滩…………………………54
海关大楼……………………56
亚细亚大楼…………………58

杨树浦水厂 …………… 59
汇丰银行 ……………… 61
邮政总局 ……………… 62
沙逊大厦 ……………… 64
国际饭店 ……………… 65
信号台 ………………… 67
外白渡桥 ……………… 68

第五章　革命摇篮

《新青年》编辑部 ………… 72
中共一大会址 ……………… 73
毛泽东寓所旧址 …………… 78
毛泽东旧居 ………………… 79
中国社会主义青年团中央机关
　　旧址 …………………… 82
周恩来早期革命活动旧址 …… 83
周公馆 ……………………… 85
陈云故居 …………………… 86
瞿秋白寓所旧址 …………… 88
黄炎培故居 ………………… 89
五卅惨案烈士流血处 ……… 90
四一二惨案纪念地 ………… 92
八路军驻沪办事处旧址 …… 93

第六章　苦难新生

小刀会 ……………………… 96

太平天国烈士墓 ……………… 98
李鸿章故居 …………………… 99
孙中山故居 …………………… 100
宋庆龄故居 …………………… 102
蒋介石故居 …………………… 104
杜公馆 ………………………… 105
龙华烈士陵园 ………………… 107
"一•二八"事变 ……………… 109
金山卫城南门侵华日军登陆处
………………………………… 110
四行仓库抗日纪念地 ………… 112
犹太难民纪念馆 ……………… 114
提篮桥监狱 …………………… 116
漕宝路七号桥碉堡 …………… 117
人民英雄纪念塔 ……………… 118

第七章　艰苦创业

江南造船厂 …………………… 122
龙华机场 ……………………… 123
上海展览中心 ………………… 125
同济大学文远楼 ……………… 127
上海体育馆 …………………… 128
上海三大件 …………………… 129
曹杨新村 ……………………… 131
人民公社 ……………………… 133

第八章　率先跨越

陆家嘴 …………… 138

东方明珠 …………… 139

上海中心 …………… 141

金茂大厦 …………… 144

环球金融中心 …………… 145

世纪大道 …………… 146

东方艺术中心 …………… 148

交通银行 …………… 150

上海证券交易所 …………… 152

宝钢集团 …………… 153

中远海运 …………… 155

芦潮港 …………… 157

上海港 …………… 158

洋山港 …………… 160

火车站 …………… 161

高速路 …………… 163

跨江大桥 …………… 165

商用飞机 …………… 168

浦东机场 …………… 170

虹桥机场 …………… 172

东方航空 …………… 173

上海航空 …………… 175

春秋航空 …………… 176

吉祥航空 …………… 177

地铁 …………… 178

越江隧道 …………… 180

第九章　开明睿智

人民广场 …………… 184
康平路 …………… 185
人民大厦 …………… 186
上海博物馆 …………… 187
上海历史博物馆 …………… 189
上海科技馆 …………… 190
文汇报 …………… 191
解放日报 …………… 193
复旦大学 …………… 194
同济大学 …………… 196
上海交大 …………… 197
大同中学 …………… 199

第十章　兼容并包

上海图书馆 …………… 202
商务印书馆 …………… 204
中华书局 …………… 205
鲁迅故居 …………… 206
巴金故居 …………… 208
张爱玲故居 …………… 210
梅兰芳故居 …………… 211
上海大剧院 …………… 213
上海京剧院 …………… 215

上海音乐厅 …………… 217
上海电影制片厂 …………… 218
上海体育场 …………… 220
上海国际赛车场 …………… 221
城隍庙 …………… 222
静安寺 …………… 226
文庙 …………… 227
徐家汇天主堂 …………… 229
白云观 …………… 231
上海世博园 …………… 232
上海进口博览会 …………… 235

第十一章　祥和宜居

石库门 …………… 238
老码头 …………… 242
南京路 …………… 243
淮海路 …………… 245
福州路 …………… 246
多伦路 …………… 248
新天地 …………… 250
五角场 …………… 252
徐家汇 …………… 253

第十二章　瑰丽绽放

南汇桃花 …………… 256
猗园赏荷 …………… 257

桂林公园 ……………… 259
上海植物园 ……………… 261
海洋水族馆 ……………… 263
迪士尼乐园 ……………… 264
百乐门 ……………… 266
上海动物园 ……………… 268
东滩观鸟 ……………… 269

后记　永远拍不完的上海 ………… 272

第一章　江河湖海

江河归海，山丘妆点。因河而兴，通江贯海。自然孕育了江南气息，大海连接着国际视野。江河湖海的协奏，在这里唱响。

诗画上海

东　海

大海茫茫华夏东，
百川聚此势无穷。
弄潮处处皆人杰，
赞我申城独领风。

　　上海面向东海，前方的海洋让上海与世界相连。陆域面积仅6340平方千米的上海，却拥抱着1万平方千米的海洋。

　　亚洲大陆东沿、太平洋西岸，我国三大边缘海之一的浅水海域，开阔而富饶。长江口北岸启东角与朝鲜济州岛西南角一线与黄海为界，南至广东省南澳岛与台湾岛南端的鹅銮鼻一线与南海相连，东至日本的九

东海日出

州岛和琉球群岛。东北至西南长约 700 海里，东西宽约 400 海里，面积约为 77 万平方千米，平均水深为 349 米，最大水深为 2717 米。东海有许多海峡与邻近海域及太平洋沟通，沿岸港湾、岛屿众多，上海港为沿岸著名港口。东海海底地形复杂，有大陆架、大陆坡和海槽。以大陆架面积最大，约占整个东海的三分之二。汇入东海的河流主要有长江、钱塘江、瓯江、闽江及浊水溪等。

东海受太平洋的影响较大，水温和盐度都比黄海、渤海为高。东海水产丰富，广阔的大陆架海底平坦、水质优良，又有多种水团交汇，故盛产各种鱼类（大、小黄鱼，带鱼和墨鱼等）。上海沿海海域是我国海洋资源开发利用较为充分的地区之一，是东海著名的渔业基地。而且，东海海底石油和天然气资源也很丰富。近年来，在海底发现多个含油气构造盆地，经勘探已有钻井喷出工业油流。

杭 州 湾

澎湃大潮高，
试看吴越娇。
神龙卧南北，
沪上最风骚。

在上海市东南及浙江省东北部，澉浦以东至海口的这片水域长约 90 千米，因地处杭州以东而得名杭州湾。东临东海，西接钱塘江，这片典型的喇叭形海湾，因湾底沙坝壅水、潮汐现象强烈，以钱塘潮（海宁潮）著称，亦称钱塘湾。

6000 年前，钱塘江输沙能力远不及长江，长江南岸沙嘴发展迅速，

杭州湾

在到达今杭州湾后，受合成风向和海潮冲击影响，向南反曲，逐步与钱塘江北沙嘴相接，形成上海地区第一条海岸线。

如今金丝娘桥至上海南郊的南汇嘴为 60 千米，属上海地区岸线。与此海滨相关的上海地区岸线，水系众多。杭州湾北岸是上海市发展的南翼，东侧临海，南侧与宁波、舟山隔湾相望，西侧与浙江平湖接壤，包括金山区、奉贤区与临港新城的范围，该地区是上海市重要的生态型地区和产业基地。杭州湾北岸水域的东部是我国著名的舟山渔场的一部分，水产资源丰富。

杭州湾有一个 8 米的通海航道，该地区属于候潮海湾，潮流和潮差较大，部分侵蚀岸段深水逼岸，是建设深水港的有利地区。大小洋山深水港的建设，使杭州湾成为一个以洋山港为中心的港口群，也是上海市能源的供应地。

长　江

万里大江来，欣然门户开。
孤帆成远影，黄鹤筑高台。
九段沙多处，崇明岛一枚。
无边生态好，候鸟亦徘徊。

上海位于中国东部，长江在此入海。江、海、河、湖多种水系交汇的漫长历史，造就了这片我国最大的河口三角洲冲积平原，进而上海城市基本的水土格局得以确立，即上海位处海岸和长江组成的"丁"字型的交汇处。

长江朝霞

诗画上海

　　长江，古称"江""大江"。在江苏镇江以下，因古代有扬子津和扬子县（今扬州），故又有扬子江之称。它是中国第一大河，发源于青藏高原唐古拉山脉中段、各拉丹冬雪山群姜根迪如峰西南侧。干流流经青海、西藏、四川、云南、重庆、湖北、湖南、江西、安徽、江苏、上海等11省市自治区，于崇明岛以东注入东海；支流涉及甘肃、贵州、陕西、河南、广东、广西、福建、浙江等8省区。长江流域面积为180万平方千米，占全国陆域总面积的18.75%。干流自姜根迪如峰5820米雪线至长江口50号灯浮，全长为6300余千米，居世界第三位。多年平均年径流量约为9600亿立方米，占全国河川年径流量的36%，也居世界第三位。

　　上海身后的长江内接中国腹地，外向广阔海洋。如果将中国大陆东部沿海视为一张弓，长江这条中国第一大河视为一支箭，上海就是这支箭的箭头，具有风水宝地、得天独厚的地理优势。近代以来，上海的价值从这里被发现，从一个默默无闻的内河港口逐步发展为首屈一指的东方大港，并成为东亚重要的经济、金融和贸易中心。

淀山湖田园风光

淀 山 湖

此波原是上天来，
浩淼如烟通太浦。
吴楚千年冰已消，
惟存不变纷纷雨。

享有"江南水乡小西湖"美誉的淀山湖，位于上海市青浦区西部、江苏省吴江县（现苏州市吴江区）和昆山县之间，是上海市和江苏省的界湖，也是上海最大的淡水湖泊，属太湖流域。淀山湖地处黄浦江主要取水口的上游，是上海重要的水源保护地和生态保护区。

淀山湖昔称薛淀湖，或作钿山湖。早在三四千年前，这里曾是陆地，有人群聚居，曾出土新石器时代的石器和战国时期的印纹硬陶、铜链。战国以后，陷为谷水，面积甚广，以后因海侵、丰雨、潮汐淤积等因素，遂成湖泊。因古时湖面辽阔，上流势缓，湖沙日积，以注湖内，渐成淤淀，湖呈葫芦形，中有淀山屹立，故名。

现今淀山湖西纳太湖水，烟水蒙蒙，碧波浩渺，东南经拦路港、泖河达黄浦江，给黄浦江上游提供部分来水量。江水受潮汐影响，常倒灌入湖，为上海与江、浙、皖航运要道，具有调蓄、灌溉、航运之利。作为旅游胜地，这里保存了一大批文物胜迹，有曲水园、青龙镇、上海最古老拱形石桥普济桥及崧泽古文化遗址等园林、古迹。

今湖畔有按《红楼梦》意境构成的大观园，是上海规模较大的风景区。另辟有游览区，中间横贯青商公路，将游览区分隔成东西两部分。东部以自然景点为主，有一条人工堤"柳堤春晓"，堤上绿色葱郁，堤外碧波万顷，淀山湖全景可尽收眼底。

诗画上海

黄浦江景

第一章　江河湖海

黄　浦　江

闻名天下楚春申，
疏浚淤河上海人。
欲说人工胜天道，
灯红酒绿忆前尘。

在每一个上海人的心中，都有一条大江，蜿蜒114千米，由城市西部一路走来，横穿整个上海。作为上海最长、最宽的内河，黄浦江是上海的象征和骄傲。黄浦之名，出现于南宋记载的史书，然并未称"江"。至明代，朱彝尊有诗云"极浦连天阙，惊涛壮海门……疏凿千年久，舟航万里奔……"可见当时黄浦已初具规模。至清代始称黄浦江。又因后人附会战国春申君黄歇开凿黄浦江，而又得名黄歇浦、春申江等。黄浦江发源于太湖，东流穿淀山湖拦路港，汇园泄泾及大泖港后称黄浦江，到闵行以东折向北流。在上海市中心白渡桥，接纳吴淞江（苏州河），到吴淞口注入长江。

黄浦江长久以来逐步发展为一条多功能的河流，兼有饮用水源、航运、排洪排涝、纳污、渔业生产、旅游等多种利用价值，上、下游的功能各有侧重。龙华港以上的水域，一般以饮用水源为主；龙华港以下的水域，则以航运为主。以黄浦江为主干的黄浦江水系为太湖流域的主要排水道及航道,对通航能力和灌溉用水等都有重要意义。下游江阔水深,可航巨轮。1~2万吨级海轮可直驶市区深水泊位停靠,为优良通海内河。上海的生存和发展须臾离不开黄浦江,而黄浦江也见证着上海风云变幻的过去和日新月异的今天。黄浦江作为上海的母亲河,无私奉献的水润泽了浦江两岸,精心灌溉着海派文化。

苏 州 河

静安怀古在秋天,宝刹风云轻似烟。
笠泽江宽十三里,曹家渡老两千年。
往来水上鲈鱼美,迎送埠头杨柳妍。
多少古今人与事,几番沧海过船舷。

如果说洋派大气、气象开阔的黄浦江是上海的母亲河,温婉曲折、灵秀妩媚的苏州河在"辈分"上早于黄浦江,可称为祖母河。苏州河也称吴淞江(前身为笠泽),源出太湖瓜泾口,穿过江南运河,流经吴江、苏州、吴县、昆山、嘉定、青浦等地区,在上海市区外白渡桥附近注入黄浦江。全长为125千米,其中在上海市区段为20.8千米,平均河宽约为40~50米。吴淞江曾是江苏东南部流经上海最大的一条河流,古称松江。上海开埠以后,西方人因为可以溯江而上,直达苏州,就将北新泾到黄浦江段唤作苏州河。

但苏州河有其致命的缺点,即河道曲而多湾,明散文家归有光有话:"古江蟠曲如龙形",因而河沙逐年淤积。但黄浦江水势日盛,终于从吴淞江的一条小支流变成了大主流,而原先江面开阔的吴淞江却渐渐

第一章 江河湖海

变为支流,史称"黄浦夺淞"。苏州河从 20 世纪 20 年代开始出现黑臭现象。由于大量的工业废水和生活用水排入苏州河,加之水动力条件不足,五六十年代污染加重,市区河段终年黑臭、鱼虾绝迹,两岸环境脏乱。1998 年 5 月,国家发展计划委员会批准了苏州河治理一期立项,苏州河环境综合整治工程由此展开。至 2010 年,苏州河与黄浦江水质都得到了极大改善,苏州河重获新生。流淌千年的苏州河,生生不息,哺育着上海人民,培植了上海文化,繁荣着上海经济。

苏州河入黄浦江口

诗画上海

天 马 山

干将铸霜刃，
历史隐双峰。
高士葬山麓，
轻风绕黑松。

位于松江城区西北的干山，相传干将曾铸剑于此。清人顾翰有《松江竹枝词》曰："记得干将铸剑辰，石鱼飞出化龙身。劝郎玉面将泉洗，愿作山中明眼人。"《读史方舆纪要》记载干山"一名天马山，以形势特高耸，出诸山之上云"。天马山是云间九峰十二山中山林面积最大、海拔最高的一座山。旧时为佛教胜地，山上多梵宫寺院。

在天马山半山腰，有一座北宋元丰二年（公元 1079 年）建于圆智教寺后的护珠塔。此塔为斜塔，虽不足 20 米，却俊秀挺拔，屹立至今。历史悠久的天马山脚下，最引人注目的莫过于亚洲最大的全可动射电望远镜——天马望远镜，它将在我国的探月工程、火星探测、天文学研究中继续发挥重要作用。

天马山遥望

佘　山

平畴遥望在佘山，
似有千军策马还。
纵横无穷存史迹，
天文台上可登攀。

作为上海境内第二高峰，佘山算得上是上海唯一一座真正意义上的山。从生态环境来说，佘山周围也都是稀罕之地。佘山位于松江区西北部，由西佘山和东佘山构成，旧传有佘姓者居此，故名。明代山人陈继儒曾在此隐居，建"神清之室"，今无遗迹可寻，仅存《佘山诗话》三卷。佘山自古盛产茶，明末叶梦珠《阅世编》曾记载："佘山茶叶与松萝相等，购求甚难，非与地主关系密切者不可得"，可见佘山茶叶的珍贵。

佘山

诗画上海

黄霆在《松江竹枝词》中曾经赞美佘山茗茶道："佘山茗叶盛寻常，制焙出成气更香。门外洗心泉味好，为郎手煮润诗肠。"若与三五友人同在此饮茶，洗心静神，岂不为美事一件？醉人的佘山兰笋也获得了文人青睐，名声大振。

相传康熙南巡之时，曾在佘山品尝兰笋宴，品此笋而题"兰笋山"，故又有兰笋山之称。从远处望佘山，可以看到创建于清朝同治三年（公元1864年）的巴洛克式天主堂，有"远东第一教堂"之誉。教堂的东部，是我国最早建立的现代天文台。站在佘山之巅，放眼远望，壮丽的景色尽收眼底。松江的新城、古城和古老的黄浦江一起，描绘了美丽的画卷。

崇明岛湿地

崇 明 岛

天成沙渚浪波中，滚滚长江生两虹。
一望蒹葭雨萧瑟，又逢田地草朦胧。
白羊肥嫩佐清酒，膏蟹清香蘸小葱。
道是人工好生态，可驰心意驭黄骢。

  一座四面环海的岛屿，位于长江出口处，东临东海，历经整整一千年时间，从唐初雏形的东、西沙开始，经宋、元时期的扩展，由明代的合并，至明末清初完成，成为仅次于台湾岛、海南岛的中国第三大岛屿，令人不得不慨叹大自然的鬼斧神工。由于长江泥沙冲积，直到现在，每年仍在向东伸展。这片静谧的土地，不仅成为都市人释放压力的桃花源，也哺育着南来北往的生命。崇明岛的西南部，有上海市目前唯一的国家湿地公园——西沙湿地，因为潮汐，这里形成了丰富的地形地貌，湖泊、泥滩、内河、芦苇丛给迁徙到来的候鸟和沙蟹提供了居所。岛上最大的天然淡水湖——明珠湖，盛产各种鱼类。在长江与大海拥抱的崇明岛东部，有最早迎接太阳东升的东滩湿地公园，毗邻国家级候鸟保护区，与自然融合在一起。人们在这里，感受诗意和远方。崇明岛的中北部，则有华东地区最大的平原人造森林——东平国家森林公园。它的前身为始建于1959年的东平林场，公园内动植物资源丰富，是回归大自然的理想之选。崇明岛是上海的后花园，是生态最好的地方，它的存在大大弥补了上海自然资源匮乏的缺憾。

第二章　吴越江南

曾属吴越大地，先民在此生息。遗址留存祖先印记，古镇展示历史底蕴。时光凝固的往昔，文明基因的故土，璀璨夺目、熠熠生辉。

崧泽遗址

掘井六千年，
灶坑茅屋前。
抬头望东海，
泽国有良田。

在青浦区赵巷镇，连接上海和江苏的沪青平公路穿过了可以称得上是"上海之源"的村落——崧泽村。相传，村子的得名与东晋名士袁崧有关，村子的历史却可以追溯到新石器时代。村北有一土墩，称为假山墩，崧泽遗址就位于假山墩及其周围农田下。1958年，当地农民挖塘时在假山墩下发现古物，从此考古工作者开始介入，这就是著名的"崧泽

崧泽遗址博物馆

古文化遗址"。从此，世人开始真正了解到崧泽遗址的历史价值。"崧泽文化"的命名得到了广泛的认同，成为第一个以上海地名命名的考古学文化。在已发掘的数百平方米遗址内，获得了印纹陶—崧泽文化—马家浜文化的三叠层。马家浜文化处于最下层，距今约6000年，是目前上海地区发现最早的古文化，可以说是上海人类活动的开端。而在2004年的第五次发掘中，发现了"上海第一人"，再一次显示了崧泽遗址是上海远古文化的起源地之一。

上海人最早的祖先在这里凿淡水井，搭建干栏式的房屋，渔猎采集，烧制陶罐煮饭，用骨笄、玉玦等打扮自己，屈指一算，这种原始落后却单纯快乐的生活，距今已五六千年了。如今，在崧泽遗址建立有古文化遗址博物馆，让公众追寻祖先的印记，共享考古发掘成果。

福泉山古文化遗址

诗画上海

福泉山遗址

时当新石器，沪上有人类。
青浦福泉山，溯源发祥地。
文物列年表，无数古来事。
传说小渔村，现代方有痕。
谁知在几时，先祖烹河豚。

  在中国古代文明史上，良渚文化是个熠熠生辉的社会实体。福泉山的考古发现曾经引起了学术界高度关注，使得良渚文化成为探讨中华文明起源的一大热点。"荒烟晓散骆驼墩，岁岁空余碧草痕。试听泉声呜咽处，一抔黄土怨芳魂。"乾隆皇帝曾咏过这里的陆机墓。

  福泉山遗址因为遗址内的"福泉山"而命名，但它却不是自然的山，而是人工堆起来的土墩，并非岩石层累而成。此人工堆筑的高台墓地的发现震惊世人，被誉为东方"土筑的金字塔"。1962年的郊区文物普查，偶然中收集到的石器陶片若干，揭开了福泉山的神秘面纱。此后多次有计划、规模性地发掘，成果丰硕，珍宝璀璨，目不暇接。福泉山完整地保留了6000年以来的各个时期文化叠压遗存，内有丰富的新石器时代的马家浜文化、崧泽文化、良渚文化与战国至唐宋时期的遗存，浓缩了上海过去的历史和记忆。"古上海的历史年表"的美誉名副其实。2008年吴家场墓地的发现，更加证明了福泉山遗址是上海地区良渚文化最重要的遗址，代表了当时上海地区的政治中心。"芳甸膏腴巍然土建金字塔，碧川深远悠矣人文福泉山"，福泉山遗址景区呼唤着人们去追寻先民的足迹。

广富林遗址

何处古移民，松江广富林。
几多水稻谷，自周存到今。
沧海桑田事，踪迹犹可寻。

"先有广富林，后有松江府"，"先有松江府，后有上海滩"。广富林是一个小村子，位于松江城西北 6 千米处，辰山塘东岸。佘山、辰山、凤凰山等小山峰遍布西面和西北。这里地势平坦，河道纵横，风景秀美，旧有富林春晓、九峰环翠、三泖回澜、村庄雨霁等十景，是生活栖息的风水宝地。1958 年，当地农民在开掘河道时的偶然发现，揭开了历经半个多世纪，上海历年发掘规模最大、出土文物最为丰富的考古遗

广富林遗址

址的序幕。

"广富林文化"的考古学命名,更填补了长江下游新石器时代晚期文化谱系的空白,为研究长江三角洲地区文明化进程提供了新的线索。大约4000年前的某天,在良渚文化的晚期,一支黄河流域的部族长途跋涉、历经艰险,辗转来到松江,选择了这块依山傍水、土地肥沃的广富林,举家迁徙、生息繁衍,成为上海地区最早的外来移民。南方良渚的痕迹、北方龙山的印记、长江流域和黄河流域的文明,在古代上海实现了第一次交汇。上海绵延不绝6000年的多元文化混合、相互交融的文明史,自此展开。

古老的广富林历经沧桑,如今的广富林又换新颜。广富林文化遗址公园的开放,"水下文化博物馆"的运营,禅寺高塔、古桥流水、亭宇楼榭、园林阁庙,无不在时刻展示、诉说着这片孕育城市脉搏和文明基因的故土。

马桥古文化遗址

第二章　吴越江南

马桥遗址

几多宝贝卧沉沙，
拍岸涛声无处遮。
隐约灌丛鸣走鹿，
初成新陆有人家。

距今4000年前，盛极一时的良渚文化突然陨落，没了踪迹。包括古上海地区在内的太湖流域的灿烂烟火，在历史的天空一闪而过，留下了壮观的遗迹和无限的遐想。但历史的脚步从未止歇，青铜时代随之到来。此时的中原地区相继诞生了以二里头文化为代表的夏文化，以及以二里岗文化和殷墟为代表的商文化。全国各地在各具特色中与中原相映成辉，上海和长江三角洲的青铜时代就是马桥文化。

这是一块四季分明、光温协调、雨热同季、空气湿润的土地。距今5500年前，这里已经形成了陆地。良渚文化早期，先民们就开始在这里生息繁衍。即使21世纪的现在，人们都能在这里挖到大量的海螺、蚌等贝类遗骸，常取其中洁白漂亮的细沙，作为建房粉墙的涂料。而马桥遗址就在这纵贯上海中部的一道被称为"竹冈"的贝壳沙堤之上，这里是古海岸线的遗迹，是上海成陆的铁证。

今天闵行区西南角、马桥镇俞塘村和竹港汇合处之俞塘北岸，马桥遗址的范围之大可谓同一时期遗址所罕见，1982年被考古界定名为"马桥文化"。其起源于良渚但区别明显，又接受了南方印纹陶和中原地区文化的影响。始于新石器的人类足迹，延续千载，这里一直是先民的定居地。各种文化在此不断融合，创造出灿烂辉煌，成为中华远古文明的重要发祥地。

诗画上海

春 申 君

博闻善辩楚春申，
何处埋藏寥寂身。
沪上虽然是封地，
今朝难得识此人。

"嘟嘟嘟，嘟嘟嘟，爷娘去开黄浦江，尔后再开春申塘，领头的大爷叫春申君，住在伲村黄泥浜。"这里出现的春申君，大名鼎鼎，即"战国四公子"之一的黄歇。上海别称"申"，说来也与其有关。追溯文献中有关上海早期的历史，可从春秋时期的吴、越说起。二者先后崛

春申君祠

起，分别以会稽（今绍兴）、吴（今苏州）为中心，开始称雄争霸。上海地处太湖平原东缘，地理位置决定了其必然成为两国征战的场所，时而为越地，时而为吴地。

多年之后，楚威王兴兵伐越，"尽取故吴地至浙江"，这一带全部纳入楚国疆域。至楚考烈王继位，以黄歇为令尹。黄歇初封淮北地，后改封于吴。春申君父子前后治吴多年，颇有政绩。从此，春申君与江南地区古文化结下了不解之缘，也与上海古代历史发生了关系。至今很多地名仍保留了"黄""申"等个人印记。其中最有名的莫过于黄浦江了，相传为春申君开凿疏通，申江、歇浦、黄歇浦、春申浦等名字总显示着与春申君的关系。但遗憾的是，战国之时黄浦江还未形成，后人牵强附会的意味过于明显。不过，其时上海西部已经成陆，春申君到他的领地游历巡视，倒是完全可能的。

千年之后的考古发现，上海多座楚国墓葬出土的楚式鼎、豆、盒、方壶，以及玉璧、泥质郢爰等，无不在向今天的人们诉说当年以春申君为代表的楚文化在这片土地上的印记，是上海简称为"申"的佐证。

沪　渎

三国争雄风劲吹，
吴淞江上捉鱼儿。
先民筑垒在东晋，
往事消沉犹可追。

诗画上海

沪渎

敦煌莫高窟第 323 窟南壁中层有一幅佛教壁画,绘于初唐,远播海外。但是,谁能想到这幅史迹图能跟千里之外的上海有关。这幅画说的是中国佛教史上的著名神话"石佛浮海"的故事,发生于六朝时期的上海地区。那时候称吴淞江下游近海处一段为沪渎,据后来考证,因当地人用渔具"滬"(就是后来的"簖")在江海之滨捕鱼捉蟹而得名。故事说的是梁建兴元年(公元 313 年)的一天,有两尊石像在风浪大作的吴淞江上浮出了水面。"奉黄老者"以为神,就拿着贡品,挂幡前迎,但狂风大作、风浪更甚。最后佛教徒前往迎接,江上立刻风平浪静。两尊石像,一名迦叶,一名维卫,终于浮江而至。自此,"石佛浮江"神话诞生地"沪渎"也就逐渐成为上海的地标和代名词,并成了历代文献一致的叫法。与"沪渎"相关且重要的地点,还有沪渎垒,又称沪渎城、芦子城。这是个海防军事设施,东晋咸和中虞潭、隆安中袁山松先后修筑。作为上海古战场的遗址,实际上的沪渎垒早已湮没,拂去历史的尘埃,这里的往事仅仅见于史籍的书页,其实际位置也很难确实考订。

老 城 厢

上海滩头旧辰光,
风云际会老城厢。
时哉运也终开埠,
此处悠悠是发祥。

"城外为廊,廊外为郊",城墙以内叫做"城",城外人口稠密,有一定经济活动的区域才称为"厢",城内和城外比较繁华的地区合起来

城隍庙所在老城厢是上海的起源地之一

称为"城厢"。上海老城厢的孩子,大都是听着"11 路,相向环城圆路"的电车报站声长大的。现在坐上 11 路,站名都十分有趣,小东门、大东门、小南门、大南门、小西门、老西门、小北门、老北门、新北门,整条线路绕着中华路和人民路,首尾相接组成圆形。

  这里便是最初的老上海格局,从元代起就是上海的中心区域。七百多年来,从最初的城内外到十六铺,从开埠后整个县城到如今的样子,即使世纪之初南市区被撤销,依然有一些上海人还是习惯地把老城厢称作"老南市",这里范围的不断变化见证了许多历史的变迁。听懂这里的故事,有助于更好地了解上海的历史文化。因为这里是从十六铺登陆上海滩闯荡的第一代上海移民的家园,这里的老马路故事很多,这里的老铺面韵味独存。头顶"万国旗"(竹竿伸出窗户晾衣服)的弄堂、混居几家共用水龙头的石库门、闹猛(热闹)的老城隍庙,都是老城厢的符号。

古城墙一角

第二章 吴越江南

上海古城墙

欲防倭寇筑高墙,碧水护城映冷霜。
北伐曾经风卷地,缘何大陆惧东洋。

大 境 阁

大千胜境有楼阁,睥睨红尘眺海波。
一曲歌来无数事,老城厢里念头多。

大境阁

人民路大境路口有一处沪上胜景，建筑非常别致，就是一段长近50米的古城墙和建在古城墙上的大境阁。这段修复过的残垣，承载着老城厢最宝贵的记忆，是界定老城厢范围的环形城墙的一部分。上海自元代建县后，并未筑城墙，至明代中叶，人口稠密、商肆发达，沿江一带船舶往来，成为南北货物的集散中心。当时，江浙沿海地方不断出现倭寇偷袭骚扰。为了抵御倭寇之祸，嘉靖年间耗时3个月，赶筑了一座周长9里、高2.4丈的城墙。后来，又在上面增筑敌楼、箭台等军事设施。万历年间，在4座箭台上建造了丹凤楼、观音阁、真武庙和大境阁，城墙的历史使命终于结束。

时间推移到了民国，古城墙的存在阻碍了城市经济和交通运输的发展，拆墙筑路最终实行。但幸运的是，小北门大境路一带便保存了一座残庙遗址和近50米长的城墙颓垣残迹，这便是关帝庙和大境阁。

大境阁建在大境箭台上，是一座结构精巧、造型别致的抱厦式三层楼阁。此阁始建于明万历年间，清嘉庆时改建为三层高阁，朱栏曲槛，颇为壮观。近代以来，文人墨客云集于此，可谓风雅"据点"，留下诸多佳话。这里又因供奉关帝像而称关帝殿，如今赞颂关帝"信义千秋"的石匾仍是当年的原物。半倚城墙大境阁，造型别具一格，常年展出的"上海老城厢史迹展览"在里面悄悄诉说着过去的故事。

朱 家 角

初临此地食巴鱼，
沪上文章舟楫书。
青石螺丝在碧水，
流连小巷意徐徐。

第二章 吴越江南

朱家角

　　九峰北麓，淀山湖滨，青浦镇西坐落着一个水乡小镇，有如镶嵌在湖光山色之中的宝石，曾被誉为"上海威尼斯""沪郊好莱坞"。这里北连昆山、南接嘉兴、西通平望，水陆交通便捷，自然环境得天独厚，风景优美、物产丰裕，典型的江南鱼米之乡，是上海保存最完整的江南水乡古镇。朱家角原为青浦首镇，初名朱家村，曾名珠街阁、珠溪，俗称角里。这里的历史渊源流长，早在五千年前就有人类活动。宋、元时已形成集市，明朝万历年间成为商贾云集、经济欣欣向荣的繁华大镇。明清棉纺织业迅速发展，曾以布业著称江南，号称"衣被天下"。"民国时

诗画上海

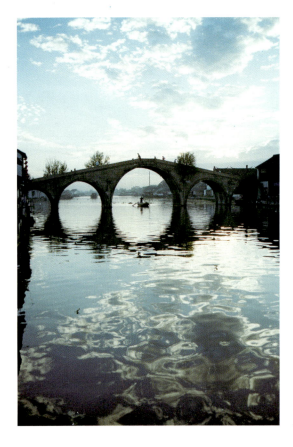

朱家角古桥

米市极盛,每届新谷登场,河港几乎被米船所壅塞,其盛况可见。"谚曰:"三泾不如一角。"

延续千年的水乡古镇,如今旅游业繁盛。明清街市风貌犹存,古街幽弄、黛瓦民宅、圆津禅院、城隍庙、课植园、大清邮局、放生桥、戚家桥、北大街等处处古朴淳厚,渔人之家、远古文化展示馆、稻米乡情馆、桥文化馆、王昶纪念馆等人文景观别具一格。乘乘罗锅船,寻寻报国寺"三宝",踏踏石板老街,赏赏古镇夕阳,"船在水上行,人在画中游",才能感受到"小桥流水人家"真可谓千年古镇的精髓。

七宝古镇

蒲汇塘边听鹤唳,
新亭旧寺尽悲摧。
游人不识云间陆,
常过石桥沽酒来。

七宝镇地处上海西南部,是离市区最近的古镇,因而知名度很高。作为上海保存较完整的清末民国的古镇,这里有许多传说故事妙趣横生,吸引着人们去古镇"寻找上海的传说"。

七宝镇名称的来历,与境内的七宝教寺密切相关。据史书记载:

七宝古镇民俗

诗画上海

七宝古镇

"旧有南、北二七宝寺,镇在其北,因名。"但宋代被称为"郡东第一刹"的七宝教寺之得名,则众说纷纭,莫衷一是。一说与五代时越王钱镠有关,而坊间也流传着这里有飞来佛、氽来钟等"佛法七件宝"的说法。

如今的七宝老街是七宝古镇的中心,街道保持着宋代的格局,房舍按明清风格复原;白墙青瓦,马头墙高低参差,错落有致;明清样式门窗,镂花纹样,古色古香。道旁朱红排门老商铺招牌锦旗飘飘,传统小吃和民间工艺琳琅满目,这一切无不散发着浓厚的市井民俗气息和历史文化底蕴。老街一角建有张充仁纪念馆,为一明清风格江南庭院。享誉海内外的雕塑艺术大师张充仁就诞生在这片土地上,因此,建馆来彰炳逝去大师的艺术成就。镇中还有七宝教寺、七宝天主堂、东岳行祠斗姆阁、东岳行祠四南行、明代解元厅、蒲汇塘桥等历史建筑和古桥,无不展示着江南水乡的固有风采,是古镇的历史见证。正应了那句话:"十年看浦东,百年看外滩,千年看七宝",这座上海传统乡俗文化缩影的城中古镇,真是大都市现代版图中的一颗明珠。

上海还有枫泾、新场等历史文化古镇和街区。

第二章　吴越江南

枫泾古镇

新场古镇

江南古镇水网遍布，河道纵横，石拱桥雕刻精美；沿河而建的明清民居和小巧的园林古色古香；幽幽的小巷集中了小笼包和各色糕点，散发着历史留存的韵味。上海地区少有的保存完整的传统水乡展现了上海原住民生活的真实画卷。

古镇民居

古镇的小吃街

第三章　奴殖之殇

坚船利炮轰开国门。"国中之国"的屈辱岁月，汇聚血泪的殖民过往。当悲伤褪去，新旧历史变迁，也留下了沉甸甸的记忆。

吴淞古炮台

长江浩瀚入东海，
要塞泠泠大炮台。
万里番夷任来往，
英雄战死实悲哀。

　　吴淞口位于黄浦江、长江汇流处，扼上海之咽喉，是松江府的屏藩，长江防御的第一要塞，为兵家必争之地。吴淞口炮台，初有东、西两处炮台，原为防海盗之用。后几经重建展拓，至光绪年间已有东南西北和狮子林五处炮台。鸦片战争的炮响轰开了国门，这里也成了中国人英勇抗击列强坚船利炮的历史见证。道光二十二年（公元 1842 年）英舰入侵，已过花甲之年的江南水师提督陈化成亲临炮台督战，率部奋起

炮台湾湿地公园

第三章 奴殖之殇

陈化成纪念馆

还击。怎奈两江总督牛鉴临阵脱逃，其余守军也大量逃亡。最终三面受敌、孤军作战、寡不敌众的陈化成等众将士战死疆场，壮烈殉国。英军占吴淞炮台，尽毁该地区所有大小火炮。后清政府在吴淞口重修炮台，并设吴淞炮台总台官。民国时，改称吴淞要塞司令。"一·二八"淞沪抗战中，吴淞炮台被日本侵略军轰毁。20世纪七八十年代，当地因开挖防空洞偶然出土了五门大炮，据考证这应该就是当年陈化成借其痛揍过敌军的"将军遗骸"。为纪念陈化成，1992年宝山区临江公园内建成陈化成纪念馆。老将军当年之遗烈可歌可泣，永垂史册。现在，这几门大炮有的征调到中国国家博物馆，有的保存在上海市历史博物馆，有的陈列在陈化成纪念馆，有的直接复位到了吴淞口保卫战的古炮台上。历经战争之殇，吴淞炮台屹立至今，"江涛寂静噤不声，陈将军后谁敢兵。君不见，走者皆弃诸市，死者长如生。"

跑马总会

沪上老公园，
国人血汗吞。
扬沙观赛马，
世道正昏昏。

1933年，正值全盛期的上海跑马总会花费200万两白银建成了这栋大楼。跑马是西方人喜欢的一种娱乐和博彩业。上海跑马总会成立于1865年，由麟瑞、广隆等洋行的几名大班发起，前后经历过3次变迁，最终落脚在了这里。跑马厅的活动起初不许华人参与，直至多年以后的1927年才向华人开放，并逐步演化为以赛马为幌子的赌博活动，从而聚敛大量财产。

可以设想，19世纪至20世纪的上海春秋两季，那些一文不名的西方冒险家或家徒四壁的上海市民，心存天大的发财奢望来到跑马厅里，最后的结局却是跳进了黄浦江。睹物思旧，当年跑马厅的"春秋赛会"作为上海滩的"盛大节日"，是人们不可或缺的生活方式。

跑马总会大楼

英国领事馆

南京条约破家门,
五口通商存印痕。
黄浦江边来领事,
汤汤流水百年浑。

1840年的苏州河河口,是"秋风一起,丛苇萧疏,日落时洪澜回紫"的田野。苏州河与黄浦江交汇处西南侧是李家庄的土地,清军曾在这里设置炮台、守卫江防。

巴富尔是英国驻印度马德拉斯野战队的一名上尉,他的正式身份是大不列颠驻上海的首任领事。当他的将军靴踩在李家庄的烂泥地上时,可能就看中了这块离上海县城不远、通内联外的战略要地。

1843年11月17日,上海开埠。英国驻上海领事馆起初设在老城厢县城的顾姓宅院内,1846年巴富尔用手段买下了李家庄的地。直到第二任领事接手后不断申请才获得了英国政府的批准,并于1849年7月

英国领事馆

21日搬入李家庄新馆。两年之后因建筑问题拆除，1852年重新翻造。18年后的1870年不慎毁于火灾，房屋和文件档案全部化为灰烬，因此现在很难见到早期英国领事馆的文件和照片。

俄罗斯领事馆

苏州河畔看豪华，
光照沙俄旗帜斜，
凡是精心好建筑，
如今一一尽归家。

虹口区黄浦路20号，苏州河与黄浦江交汇处，外白渡桥北侧，上海大厦、上海饭店环绕周围。海鸥喜欢这里温暖的港湾，常常贴着水面低空飞翔。

这是一座高四层的古典式建筑，现在的俄罗斯联邦驻上海总领事馆。经历了一个多世纪的风雨，见证过沙皇帝国、十月革命、中苏关系恶化与苏联解体等许多岁月，建筑却保存得十分完好，至今仍在使用。这在上海领馆建筑中是绝无仅有的。追溯逝去的历史，俄国领事馆原在福州路外滩附近。1911年新领事到任，上书沙皇使其认识到上海地理位置的优越及其对俄国深入中国乃至东南亚的重要性，遂决定扩大领事馆。新馆专用经费落实后，1914年6月，最终选择了礼查饭店（今浦江饭店）前的这块风水宝地，请德国建筑师汉斯·埃米尔·里勃设计，由周瑞记营造厂承建。1916年，使馆建成并于次年投入使用。

整个建筑坐南朝北，假四层，设半地下室，带阁楼，混合结构。立面为德国文艺复兴风格，平面设计轴线对称、主次有序。正中为大门，两旁有古典式双立柱。二、三层窗间墙并列连贯,有平拱、弧形样式。假四层处开设一排小圆拱小天窗,并有一处通向室外大阳台。屋顶为四坡两折孟莎式,顶端有一带穹顶的瞭望塔,可观赏黄浦江与苏州河景色。俄国领事馆凭借其独特的外形和内在的豪华装饰,成为当时众多外国驻沪领事馆中的经典之作。

俄罗斯领事馆

公共租界会审公廨

英美洋人作院庭，
静安黄浦曾孤零。
繁华虽道一时盛，
鲁迅悲书且介亭。

上海开埠后，外国人根据已缔结的一系列不平等条约，逐步在租界建立起一整套严重损害和践踏中国主权的司法制度。伴随着领事裁判权与治外法权等特权的攫取与延伸，外国人在租界内陆续设立"领事法庭""领事公堂"，后来出现了所谓的会审公廨，又称会审公堂。会审公廨原为清政府在租界地内设置的司法审判机构，1864年设立于上海，始

公共租界会审公廨旧址

称上海洋泾浜北首理事衙门。1869年，颁布了《洋泾浜设官会审章程》，改称上海公共租界会审公廨。可想而知的是，《章程》在实际操作中不断变味，名义上由中国人管理，外国领事可以会审或陪审，实际却是外国人控制进而把持审判权。中国官员对外国人是否科刑"例不过问"，而外国领事对中国人却"径定监禁数年""外国人不受中国之刑章，而华人反就外国之裁判"。随着列强对中国侵略的加深，外国领事在公廨内权力也越来越大，会审公廨逐步沦为列强镇压中国人民的工具。1926年，上海会审公廨改为临时法庭。

中华人民共和国成立后，会审公廨才被彻底废除。如今静安区浙江北路191号的建筑即是当年的旧址，会审公廨初设于南京路，1899年移于此处，习呼新衙门。建筑整体原由东红楼、中红楼、西红楼及北大楼组成，东红楼、西红楼现已不存，北大楼地下水牢亦被填没。但审判公堂、管押所等设施仍存至今，这里是中国近代司法制度半殖民地化的见证。

法租界会审公廨旧址

法租界会审公廨

昔日薛华立，
东方第一庭。
此中无数事，
远去似飘萍。

上海建国中路 20~22 号，有一幢独特的院落。庭院绿化优美，透空栏杆围墙等构成了欧陆风格的街景。走近院子，细细考量。新古典主义建筑风格，兼地中海式结构，东印度外廊，兼巴洛克元素楼梯，红墙、石柱、回廊、圆拱门窗，整个建筑群看起来古朴典雅，年代感十足。这不是一般的旧楼，左手边四层楼高的红楼是原法租界警务处暨中央巡捕房旧址，右手边三层楼高的楼房则是原法租界会审公廨旧址。

它们是见证中国司法屈辱与现代化进程的重要历史建筑。会审公廨的二楼法庭，更曾被称为"远东第一大法庭"。当年伴随着涉外法权的不断丧失，在近代上海的两大租界内，分别出现了两个会审公廨：一个在公共租界，一个在法租界。这两者在设立背景、设置性质等方面有相似之处，且均为中外混合的产物。法租界会审公廨又称法租界会审公堂，继 1869 年 4 月的公共租界会审公廨改名成立后，法租界即与清廷议定设立。初设于法国领署内，后随着法租界的管辖范围不断扩大，经历了几个阶段，地址也经过几次变迁。法租界第六次扩张后，会审公廨便于 1915 年最后迁到了当时薛华立路（今建国中路）的今址。

这两栋建筑可谓命途多舛、屡经更迭，随着历史的变迁走过了百年岁月。过去的时代一去不复返，早已"换了人间"。如今院子正中国旗耸立，建筑额头国徽高悬，现作为黄浦区检察院和反贪局办公地，依旧履行着历史赋予其的责任与使命。

第三章　奴殖之殇

公共租界工部局

落笔最难书历史，
百年乱梦不成章。
但看工部皆洋董，
自主首先当自强。

江西中路和河南中路、汉口路与福州路围起来的土地四四方方，上面也坐落着一幢四四方方城堡状的大楼。建筑整体为钢筋混凝土框架结构，三四层的样子，处处显示着英国新古典主义风格。大楼外墙面为石

公共租界工部局大楼

47

材构造，厚厚的砖墙外花岗石贴面。东北角的主入口前为凹面扇形门廊，四根多立克式方柱、四根花岗石圆柱，共同支撑一座平台，其上的三楼则挑出半圆形阳台。大门宽阔到可容汽车进出，进门便是较大空地，中间是圆形花坛。这栋典雅的建筑兴建于1913年，因第一次世界大战停工，前后修了长达十年之久方才竣工。时人感叹："比建罗马教堂的时间还长"，这就是当年的公共租界工部局大楼。

工部局的名字乍听起来仿佛建筑委员会，其实不然。它实际上是洋人在租界里设的市政府，工部局是中国人对其的称谓。于1863年英美租界合并为公共租界的同时，改名成立。这里可是当年呼风唤雨的租界权力中心，公共租界管辖土地上一切的政治、武装、警察、经济财政、文化教育、交通居住等的统治权，均在这栋大楼里发号施令。太平洋战争爆发后，大楼为日伪盘踞。抗战胜利，原在枫林桥的国民党上海市政府移此办公。

上海解放时在此举行新旧政府交接仪式，后成为上海市人民政府办公场所。它是中国土地上"国中之国"屈辱岁月的参与者与见证者。

第四章　商埠开兴

贸易小镇变开埠口岸，江边泥滩成万国建筑。冒险家的发迹乐园，商业发展赋予过往与未来，那是属于繁华的独特气质。

黄道婆纪念馆

穿行宇宙任灵梭，
棉纺大师黄道婆。
衣被云裳皆织就，
此般才女真不多。

徐汇区华泾镇东湾村，古称乌泥泾，是江南较早引入木棉种子的地区之一。元初时，松江府乌泥泾从南方来了一位纺织能手，大大改变了这里的棉纺织业面貌，可算得上首推之功，她就是杰出的纺织技术革新家黄道婆。有关黄道婆的身世、籍贯、经历，民间传说很多，流传甚广，遂蒙上了一层神秘色彩。黄道婆大约生于南宋末年，乌泥泾是她的故乡。早年家贫，流落海南岛。在与黎族人民劳动中学会了先进的纺织技术，年老回乡，纺织为生。她摸索改革"轧花车、弹棉椎弓、纺车、织机"等纺织工具，传授推广错纱、配色、综线、挈花等工艺流程，使乌泥泾妇女们能"织成被、褥、带、帨（手帕），其上折枝、团凤、棋局、字样粲然如写画"，于是乌泥泾织品名驰远近，畅销大江南北，棉纺织业繁荣发展。到明代时，已有"松江之布，衣被天下"之说。

黄道婆去世后，村人为其公葬，并曾在镇内立祠纪念，后祠毁，仅存墓。但此后岁月悠悠，黄墓也几毁几建。如今所见为1984年重建，圆形石圈土墓，青砖地、三面围墙，墓前立魏文伯书"元黄道婆墓"汉白玉石碑。坐北朝南，四周花窗滴瓦围墙环绕，青松、翠柏、冬青、黄杨掩映。另有2003年在东湾村开馆的黄道婆纪念馆与之相邻相伴，共同诉说着"衣被遍苍生，南国移来溥美利；机杼传红女，百陵以后祀先棉"的故事。

第四章 商埠开兴

黄道婆纪念馆

商船会馆（现已拆除）

51

商船会馆

沪上沙船有码头，
交通货物不需愁。
当初开放似无奈，
黄浦苏州水自流。

上海市市标是以市花白玉兰、沙船和螺旋桨组成的三角形图案，图案中扬帆出海的沙船，是一种适宜于近海北洋和长江航运的平底浅船。当年五帆沙船满载南方粮食、棉布、茶叶、瓷器等北运，运回北方豆麦、油饼、杂粮、桃枣等，南来北往，商贸繁荣。明及清初，长期海禁，元代发展起来的海上航运基本停滞。康熙年间海禁解除，凭借上海优越的地理位置，海运沙船业迅速发展。康熙五十四年（公元 1715），为了协调同业关系，排解同仁纠纷，本帮沙船业在城外东马家厂（今董家渡路会馆街）建立商船会馆。这是上海出现的第一家同乡同业团体，其规模也是上海会馆公所中最大的。

上海开埠后，西方的火轮船纷纷驶入。国运渐衰，沙船业亦渐萎缩。战争年代，上海的沙船大部分被日寇所毁。抗战胜利后，也已所剩无几，乃至绝迹。但商船会馆旧址，则成为历史的见证。当年的会馆是一座庙宇式建筑，规模宏伟、飞檐高翘、金碧辉煌，船商络绎不绝，热闹繁华。江河日下后的会馆屡经兴废，几易其主。

如今的会馆年久失修，破损严重，部分建筑依稀尚存，急需修缮保护。这里是上海沙船航运业兴衰的缩影，是上海"以港兴市"的历史见证。沙船和商船会馆为上海港和上海城市发展与进步所做的贡献，必永被铭记。

第四章 商埠开兴

江南制造局历史照片

江南制造局

洋泾浜上制洋器，钢铁交鸣逾百年。
弱世登场纷乱舞，艰时寻址几番迁。
浦江工业奠基础，华夏人文翻旧篇。
今日滔滔望大海，领航天下更为先。

黄浦区高雄路2号，今天的名字叫做江南造船（集团）有限责任公司。追寻历史的足迹，这里别有洞天，现存着原江南制造局局所建筑中的2号船坞、总办公厅、指挥楼、水上飞机车间等。

江南制造局全称江南机器制造总局，亦称江南制造总局、上海制造局、上海机器局。这是清政府兴办的规模最大的新式军工企业。那时在奕䜣、李鸿章、张之洞等人的倡导和主持下，洋务运动开展得轰轰烈烈，他们把富民强国的希望寄托在练兵、制器之上。当年，靠近黄浦江边的制造局路与局门路、高昌庙路（今高雄路）、广东街（后改名炮厂后街）交错围绕，圈划出制造局这片中国近代史上内涵独特的地域。

  1865年成立之初的江南制造总局地处虹口，1867年迁至高昌庙，大加扩充，成立了轮船厂。1905年造船部分划出，称江南船坞，1912年改名江南造船所。兵工部分于1917年改称上海兵工厂，1932年"一·二八"淞沪抗战后停办，部分机器设备被国民党政府拆迁杭州。抗日战争爆发后，拆剩的机器设备和厂房为日军破坏，场地归并江南造船所。新中国成立后，改称江南造船厂。"江南"厂在沧桑岁月中几经沉浮，但与国外现代工业始终保持着相对紧密的联系，工程技术和制造水平一直处于中国前列，代表着民族工业的发展水平。

外　滩

> 十里洋场最著名，
> 每逢故事总心惊。
> 南来北往东西客，
> 浩淼浦江难置评。

  在上海人的习惯中，河流的上游叫"里"，下游叫"外"，距县城近的称"里"，远的称"外"。黄浦江恰好在陆家浜处形成一个弯道，以此为界，距县城远的下游就叫做外黄浦，外黄浦的河滩也就称作外黄浦滩，简称外滩。

  开埠前的外滩是一片泥涂滩地，芦苇飘荡、野鸟低飞，仅有一条被苦工和船夫们踏出来的纤道。开埠后，英国人看中了这里。租界建立，江边一座座码头造了起来，纤道渐渐地被废弃，江岸被加固，也出现了正式的马路，取名Bund。

外滩建筑群

从 1849 年外滩北部李家庄的第一幢英国领事馆建筑开始，随后的几十年里，北起外白渡桥，南抵金陵东路，几十幢欧洲古典风格的建筑犹如大珠小珠落玉盘一般散落在沿江西岸的新月形水湾。这里渐渐变为风水宝地，更是财富、名誉和地位的象征。许多中外银行等金融机构纷至沓来，如美国摩根银行、花旗银行，英国汇丰银行，法国里根银行，瑞士国家银行，中国银行。这里成了上海的"金融街""东方的华尔街"。几乎当时世界上最流行的建筑风格都争先恐后地在这里展示自己，哥特式尖顶、古希腊式穹顶、巴洛克式廊柱、西班牙式阳台等交相辉映，一派风格迥异的"万国建筑博览"。

海关大楼

钟声敲响在高楼，
哥特夸张申甲由。
帝国曾经明法度，
几多欢喜几多愁。

海关是国门的象征。上海海关最早设于清康熙年间，称江海关。上海开埠后，在英租界内分设江海北关。咸丰三年（公元 1853）小刀会起义，英国人乘机强占江海关。次年江海关建立洋关制度后，国门的钥匙便落入洋人之手，直到上海解放。海关大楼先后建过三次，最早是由清政府在 1857 年建造的一座官衙式建筑。1891 年，在海关总税务司赫德主持下，将旧房拆毁，建造了一幢哥特式教堂风格的大楼。今天见到的海关大楼由公和洋行建筑师威尔逊设计，于 1925 年 12 月奠基，1927 年竣工，是第三次重建的。

如今中山东一路 13 号的海关大楼雄伟挺拔，一派英国新古典主义

第四章 商埠开兴

风格,并带折中主义倾向,与雍容典雅的汇丰银行齐肩并列,相得益彰。大楼立面前两层为粗石墙面基座,入口为典型的希腊多立克柱门廊。中段砌花岗石,三至六层贯以石砌立柱、顶部层层收进的立方体钟塔,表现出体积感和高耸感。这里曾是外滩最高的建筑,但最著名的还是顶部仿照伦敦国会大厦大钟式样的四面大钟。这座大钟从英国远道而来,制造后运到上海组装,花费白银2千多两,可谓当时亚洲第一大钟,也是全球现存的三座威斯敏斯特大钟之一。海关大楼巍然屹立在浦江之滨,与百年外滩一同成长,是上海滩沧桑巨变的见证。《东方红》的悠扬钟声,回荡在浦江上空,似乎在诉说着大楼今昔、国门沧桑。

海关大楼夜景

诗画上海

亚细亚大楼

外滩最高楼，
集散美孚油。
此火舶来品，
点明千古愁。

亚细亚大楼

矗立于外滩"万国建筑群"最南端的亚细亚大楼，曾被誉为"外滩第一楼"。这栋20世纪初外滩体量最大的建筑，于1916年在英商麦克倍恩公司投资下建成，高七层。后产权转让给英国壳牌公司旗下的亚细亚火油公司，故于1939年加高至八层，名字也从原初的"麦克倍恩大楼"改为"亚细亚大楼"。

整个建筑成方体，东、南两立面均为横竖各三段式。外观呈现古典主义风格，融合着浓重的巴洛克气息，属于折中主义建筑。这栋宏伟堂皇又历经沧桑的大楼，见证了近代的百年风雨。

对于 19 世纪末至 20 世纪初的洋人来说，想要占领中国市场就必须先占领上海市场。于是在这栋由巨石垒成的大厦中，亚细亚火油公司从上海起步，众多分公司很快席卷全国各大城市。辉煌时的火油公司，垄断了中国市场的最大份额，其销售的石油占中国需求量的四分之一。太平洋战争爆发后，亚细亚大楼为侵华日军劫夺。抗战胜利后，中共地下党人员在这栋整日有国民党上层人物出入的大楼中进行着贸易。解放后，大楼由中国石油公司华东分公司接管。后几经变换，今日的使用者是中国太平洋保险公司。仰视建筑正面的爱奥尼克巨柱，隐约可追忆昔日亚细亚火油公司的辉煌，然而当年的风云诡谲却早已随着历史流逝。

杨树浦水厂

黄浦江边建城堡，
自来水厂傲东方。
师夷重工有经历，
亲启龙头李鸿章。

上海开埠之前，生活用水多为来自黄浦江与苏州河的河水。从挑水夫处购买或自行挑水，即使用明矾澄清，仍有咸涩之味，既不方便也不清洁。

开埠之后，人口急剧膨胀，饮水问题日趋严峻。1879 年，英商在伦敦组织上海自来水公司筹备委员会，得到上海工部局及商人的支持。1880 年在上海选址，最终选定在杨树浦建造自来水厂。1881 年开工，整个工程历时两年，耗资 12 万英镑。沉淀蓄水池、蒸汽机房、锅炉房

诗画上海

杨树浦水厂

等设施一应俱全,还在江西路、香港路口建造了水塔。当时,租界地区及静安寺路等主要场所都安装了水管。1883年竣工时,来沪的北洋大臣李鸿章应邀参加放水典礼,并启动阀门。机器开始运转,黄浦江水被引入池中,过滤的水由水管输送出去。这座中国最早的地表水厂自此诞生,后来由于供水需求不断扩大,外加技术改造、动力革新,该水厂不断扩建发展,最终成为远东第一大水厂。抗战时,水厂由日伪公司军管。抗战胜利后,归还英商经营。

　　解放后水厂被上海市人民政府征用,后作为上海市自来水公司的下属水厂一直运转至今,现在还承担着约四分之一的上海供水量。如今经过杨树浦路、许昌路路口时,会看到路边一幢幢英国古堡式建筑掩映在葱茏绿荫之中,这就是"上海自来水科技馆"。这座充满现代化气息的科技馆与大部分遗留至今的水厂建筑交相辉映,共同诉说着这座都市的过往与未来。

汇丰银行

外滩雄踞最华贵，
汇票曾经如雪飞。
百岁风华多故事，
波光云影映余晖。

汇丰银行正式名称是香港上海股份银行，"汇丰"是其中文名称，取"汇款丰富"之意。1865年4月，上海分行开业。至20世纪初，在英国外交政策的卵翼之下，资本输出、殖民掠夺、发行纸币、参加贷款，从而攫取政治、经济特权。汇丰银行积累了巨量财富，几乎垄断了中国金融市场，间接控制着中国财政和经济命脉，其地位"实居于中国国家之金库"。

汇丰银行大楼

1923 年 6 月竣工开张的这幢大楼，便是汇丰曾有过的锦绣年华的一个佐证。其造价占当时外滩所有建筑造价总和的一半，耗资白银 1000 万两。今天中山东一路 12 号的这栋大楼，当年由公和洋行设计，英商德罗建筑公司承建。钢筋混凝土框架结构，外墙墙面用粗犷的石块宽缝砌筑，给人以一种坚不可摧的城堡感觉。大楼为典型的希腊新古典主义风格，圆顶为钢框架结构，穹顶高三层，为仿古罗马万神庙式。中部有贯穿二至四层的科林斯式双柱柱廊，内部以八根大理石石柱构成的八角形亭式门厅，更富特色。穹幕天花及墙面的马赛克装饰，那关于十二星座的神话故事以及八幅象征汇丰银行在世界八大城市分行的壁画气势宏大，美不胜收。这幢大楼建筑体量为外滩建筑之最，建成后，被称为"从苏伊士运河到白令海峡最华贵的建筑"。

邮政总局

久未听乡音，家书抵万金。
望穿纷乱路，难慰寂寥心。
邮政先河启，移民根本寻。
大楼建虹口，人众沐甘霖。

苏州河北岸、四川路桥边，城堡式的钟楼、粉绿色的尖顶，远远可见，这里见证了我国邮政事业的起步与发展。上海开埠后，1861 年英国人最先于租界内设立了大英书信馆，以后各国均有仿效，纷纷设立邮局。从 1878 年江海关试办邮政开始，1896 年光绪皇帝批准成立大清邮局，发行大龙邮票。直到 1906 年，上海的邮政机构还设置在江海北关内，且处处受制于洋人。1917 年，北洋政府决心出资兴建邮政总局大

第四章 商埠开兴

邮政总局

楼,以适应邮政业务发展需要,更为了逐步消除洋人的控制。但利益当先,洋人岂肯放手,双方在选址上争执不断,最后妥协折中才选择了今址。

虹口区北苏州路 276 号的邮政总局大楼竣工于 1924 年,整体建筑呈"U"字型,为当时欧美流行的折中主义建筑风格,主体为英国古典式,又结合了大量罗马式的科林斯柱和巴洛克式塔楼的元素。最引人注目处是塔楼两旁的两组青铜雕像,每组 3 人。一组人手持火车头、轮船铁锚和通信电缆的模型;另一组居中者为商神赫尔墨斯,左右为爱神厄洛斯和阿芙洛狄忒,象征邮政为人们沟通情愫。大楼不仅外观雄伟壮观,内部装潢亦优雅庄重,特别是二楼的营业大厅更是气魄非凡,曾享有"远东第一大厅"的美誉。

2006 年 1 月由江泽民同志题写馆名的"上海邮政博物馆"在二楼大厅正式对外开放,吸引着人们去那里追溯邮政起源和发展的辉煌脉络。

诗画上海

沙逊大厦

外滩最高楼,无言写春秋。
浦江映铜顶,流去无数愁。
和平称饭店,几多岁月稠。
每至频仰望,脚步却难留。
时人知与否,往事皆幽幽。

沙逊大厦(今和平饭店)

当年富甲一方的沙逊家族，可称上海最早、最大、最久的帝国主义冒险家。因鸦片、军火、棉纱致富，后又涉足房地产，通过几代人的经营，企业遍布远东各地。最后掌权的维克多·沙逊曾在一战中左脚负伤致残，人称跛脚沙逊。从19世纪末到20世纪初，沙逊不断争夺上海房地产商中的头把交椅，最后成为旧上海名副其实的首富。

1949年之前的这里，是金融界、商贸界和各国名流云集之所，上海最奢华的酒店。推开旋转式厅门，里面是宽敞的大厅、走廊，意大利大理石地面、立柱，古铜式老式灯具，餐厅里拉力克灯饰，独一无二的九国套房。一切都是那么至臻至美，富丽堂皇。

从当年的华懋饭店，到如今的和平饭店，这座矗立外滩（中山东一路20号）的"远东最时髦的饭店"，经历了岁月的洗礼和文化的积淀，由内而外焕发着百年老饭店独一无二的古典气质和优雅情怀。

国际饭店

二十四层楼，摩天瞰亚洲。
当然成巨作，自是汇名流。
旧事犹难尽，繁华不胜收。
谁云年岁老，屹立看环球。

这里是让上海自豪了半个世纪的地标，当时全中国乃至全亚洲最高的建筑物，它是老上海人口中的"24层楼"。年少的贝聿铭惊叹于它的修筑，才立志"修大楼"并最终享誉世界。这里也是上海城市测绘坐标原点，由此确立了城市平面坐标系统。

国际饭店由当年的民族资本四行储蓄会兴建，故又名四行储蓄会大

诗画上海

1980年代的国际饭店

楼,1934年落成。整幢大楼共24层,包括地下两层,地面以上高83.8米。匈牙利人邬达克在用地局促的南京西路上,把作品平面布置成工字型,立面采取竖线条划分,前部15层以上逐层四面收进成阶梯状,使造型高耸挺拔。

整幢建筑为钢框架结构,钢筋混凝土楼板,恰似1920年代美国摩天楼的翻版。一开业,国际饭店便成为上海上流社会的聚会场所,大家蜂拥而至。人们热衷于邬达克设计的这个空间,是因为这个空间可以匹配他们的地位身份,以及满足他们对格局气派的要求。

梅兰芳曾在这里欢迎过卓别林的访问,诸如宋美龄、张学良、司徒雷登、陈纳德等皆是国际饭店的常客,甚至上海解放时陈毅市长都在此接见过解放军指挥员。80多年后的今天,上海毋庸置疑发生了翻天覆地的变化。

曾经一家独大的国际饭店四周,早已高楼林立,世贸艾美、明天广场正从左右方向俯视着这里。尽管如此,这里依旧保持了"远东第一高度"30年以及"上海第一高度"50年之久。

第四章　商埠开兴

信 号 台

难测风云水上波，
外滩信号不嫌多。
卫星今日高天看，
留取塔身在史河。

外滩信号台

1879年7月31日，上海遭台风侵袭，损失惨重。徐家汇观象台台长撰文分析建立气象警报信号台的必要性，各界纷纷响应。1883年，英法租界当局出资，会同徐家汇天文台，在洋泾浜外滩的英法租界分界处建立了一座木结构信号台。

每天15米高的塔顶桅杆上扯起信号旗，传递吴淞口外天气阴晴雨雾、风力海浪等气象信息，并与徐家汇天文台以电话联系。当时桅杆上还有一只子午时辰球，12点一到，铁球准时落下。那一刻人们连忙按下钟表，校准时间。所以，这也是中国第一座世界时报时台。

1907年，摇摇欲坠的木结构信号台被拆除，用当时最先进的钢筋水泥，重建了地面两层、地下一层、总高49.8米的塔式建筑。建筑塔顶有9米高报时球桅杆，并装着风向仪和悬挂各种信号旗。红灰相间外墙被横向条纹装饰，屋顶及圆柱顶部均有铁栏杆阳台，内部的古典式铁制旋转扶梯别具一格。整幢建筑由西班牙建筑师设计，雄伟挺拔，风格优雅。

外白渡桥

江水平原外，存斯白渡桥。
千舟装故事，万马踏新潮。
云雨皆经典，风霜曾寂寥。
钢筋成架骨，百岁看今朝。

上海开埠前的苏州河两岸，离县城较远，人烟稀少且河口没有桥，往来都靠船摆渡。开埠后，随着人口暴增与经济发展，外摆渡口的渡船速度慢、承载量有限，无法满足与日俱增的过河需求。1856年，英商韦

晨光中的外白渡桥

尔斯等组织苏州河桥梁建筑公司，在此建木桥一座，称为韦尔斯桥。规定凡过桥者，须付过桥费，车马加倍。后过桥费增加且华人与洋人区别对待，引起抗议。租界当局迫于众怒，1872 年在桥西另建了一座木质浮桥，名公园桥，免收费用，韦尔斯桥随即拆除。华人因过桥不再付钱，"白渡"苏州河，又近邻原先的外摆渡处，遂谐音称"外白渡桥"。1907 年，工部局将此桥改建为钢桁架桥，下部设有木桩基础的钢筋混凝土墩台。1908 年 3 月 5 日，第一辆有轨电车顺利驶过外白渡桥，一座深灰色的钢制桥带着明显的工业革命的锐气，昂首屹立在苏州河与黄浦江的交汇口。

外白渡桥自建成后，一直承担着繁重的交通功能，前后经历过多次维修加固和检测。2008 年 2 月，大桥分两段整体移位到上海船厂进行彻底大修，历时一年，"修旧如旧"，复位如初，2009 年 4 月重新通车。修缮后的外白渡桥木地板人行道焕然一新，南北两跨灯光通透，节日里灯光可变换色彩，绚丽多姿，桥身如海鸥之双翼，轻盈飞翔。历经百年的沧海桑田，外白渡桥至今屹立在黄浦江畔，成为城市中心独一无二的标志性建筑。

第五章　革命摇篮

民族复兴梦想在此扬帆起航,无数共产党人的精神家园。革命牺牲多壮志,豪情更比浦江水。忆旧址峥嵘岁月,时至今日慨而慷。

《新青年》编辑部

青年旧迹已难寻,
独秀申花在绿林。
德赛风吹满华夏,
犹追五四共丹忱。

《新青年》是中国近代思想解放的先声,曾经对中国革命产生过巨大的影响,上海是《新青年》的创刊地。1915 年 9 月,陈独秀创办《青年杂志》,第二卷起改名《新青年》。1917 年,杂志编辑部迁到北京。1920 年,陈独秀因"五四"运动遭北洋政府搜捕,遂由北京来沪,入住在法租界环龙路渔阳里 2 号(今南昌路 100 弄 2 号)。

上海马克思主义研究会的成立,上海共产主义小组的成立,均以此为活动地点。中共一大期间,这里也是交流、讨论会议进程,起草、修改有关文件的场所。1921 年中国共产党成立后,《新青年》一度成为中共中央机关刊物,中共中央局机关亦曾在这里办公。举凡中央局会议、会晤各地前来汇报或请求指示的同志,亦都在此。后来因遭遇迫害,中央局机关和陈独秀被迫转移。

《新青年》编辑部旧址

第五章　革命摇篮

中共一大会址

盛夏弄堂里，来寻石库门。
青砖铭赤子，蜡像说宣言。
但见星星火，能燃浩浩原。
人民明主义，古国铸新魂。

1921年7月23日，在马克思主义光辉思想的指引下，全国各地共产主义小组选派的13位代表齐聚上海，在法租界望志路106号（今兴业路76号）召开了中国共产党第一次全国代表大会。因法国搜查人员

中共一大会址

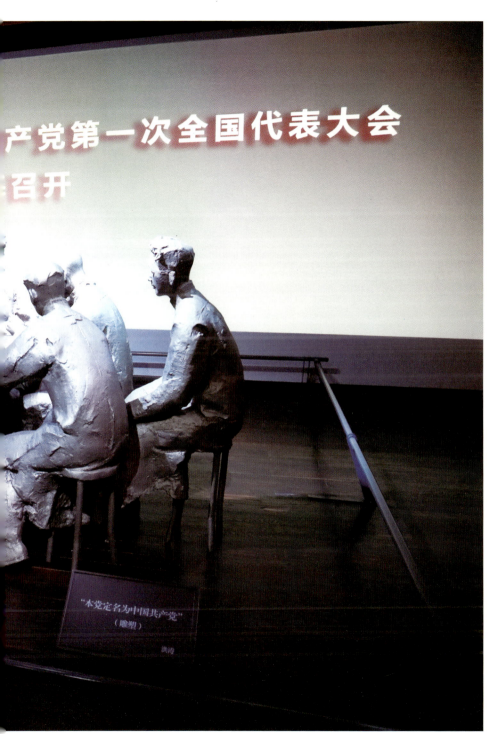

中共一大会址纪念馆

诗画上海

中共一大会址人物浮雕《起点》

中共二大会址

介入，会议被迫转至嘉兴南湖一艘船上。这次大会宣告了中国共产党成立，成为开天辟地的大事。

这是普通的石库门建筑，外墙青红砖交错，镶嵌白色粉线，门楣有矾红色雕花，黑漆大门上配铜环，门框围以米黄色石条，显得庄严而典雅。沿马路一排的五幢房屋都是一上一下的单开间房屋，各有一个大门和天井。

房屋落成不久，其中两栋就被李汉俊兄弟租下。楼外路旁当时尚存农田，环境偏僻。李家将两楼内墙打通，楼梯合一，组成一家。前门通常不开，日常出入的是108号后门。当年冒着极大的风险，李汉俊将寓所的18平方米客厅布置成秘密会所。

中国共产党人从这里出发，不畏艰险、百折不挠，领导中国人民历经革命、建设、改革的浴血奋斗和艰辛探索，把中国特色社会主义推进到新时代，开创了伟大的道路、伟大的事业。中共一大会址是中国共产党梦想起航的地方，也是中国共产党人的精神家园。

静安区老成都北路7弄又叫做辅德里，30号是当时中共中央局宣传主任李达的寓所。

1922年7月16日至23日，中国共产党第二次全国代表大会在这里召开。12名共产党员代表全国党员，以列宁关于民族与殖民地学说为理论依据，以国际形势和当时中国社会的政治经济状况为现实依据，制定了党的最高纲领，通过了一系列重要文件，完成了党史上许多个"第一"：第一次提出党的反帝反封建的民主革命纲领，第一次提出党的统一战线思想，第一次公开发表《中国共产党宣言》，制定第一部党章等，与党的一大共同完成党的创建任务。

1922年7月中共二大召开，二大是中国共产党走向成熟的重要见证，二大之后，党中央领导中国人民走上了为彻底推翻帝国主义和封建军阀而斗争的新征程。中共二大会址展厅内展出的文献、实物、资料等珍贵史料，无不真实再现了中国共产党创建初期的峥嵘岁月。

毛泽东寓所旧址

伟人居此处，
勤学得真知。
从此无歧路，
专心马克思。

1920 年毛泽东寓所旧址，位于静安区安义路 63 号（原哈同路民厚南里 29 号），是毛泽东第二次来上海时的居住地。此处是一幢沿街的坐北朝南的砖木结构二层楼房，底层临街是店堂，后面是灶间和小天井，楼上临街部分是正房，后面是亭子间。

1920 年，湖南各界开展驱逐湖南军阀张敬尧的斗争，组织驱张请愿团分赴北京、上海、衡阳等地宣传。毛泽东作为请愿团代表，于 1920 年 5 月 5 日至 7 月初在沪期间，一直居住在此。他的学生张文亮也随同他住在正房。当时，毛泽东等人经济上拮据，但反封建斗争热情高涨。其间，毛泽东发起成立湖南改造促成会，并发表多篇文章，继续开展驱逐张敬尧的斗争；与彭璜等新民学会会员在南市半淞园聚会，讨论新民学会的发展问题；欢送湖南青年赴法勤工俭学；多次前往老渔阳里 2 号，与陈独秀一起探讨马克思主义。同年 6 月，张敬尧在舆论的压力下被湘军赶走，7 月 7 日，毛泽东从上海返抵长沙。1936 年，毛泽东在延安曾和斯诺谈起这次上海之行，尤其是和陈独秀的见面，以及在这里勤奋学习、阅读马克思主义书籍等往事。

毛泽东回忆说："到了 1920 年夏天，在理论上——在某种程度上也在行动上——我成了一个马克思主义者"，"我一旦接受了马克思主义是对历史的正确解释以后，对马克思主义的信仰就没有动摇过"。

毛泽东旧居

革命生涯多倥偬，
伟人踪迹似惊鸿。
申城有幸频留驻，
绝代风华毛泽东。

毛泽东一生中到上海50多次，从1919年至1926年短短7年中，青年时的他曾先后10次来沪。如今对外正式开放的毛泽东旧居，坐落在茂名北路120弄7号，是其第九次来上海时居住的地方，这里也是他住得最长的一次。

此处弄口竖有"甲秀里"字样的门头，弄内7号、5号与9号是3幢连在一起的具有典型上海旧式石库门风格的建筑，现已开辟成毛泽东旧居陈列馆。房子层高为两层，砖木结构，外墙为青灰砖的清水墙，在门楣处镶嵌红色砖带，黑漆大门上有尖拱形红砖条门楣，中间装饰罗马山花，铜环门扣，条石门框。旁边是木框方窗，上有红砖和青灰砖相叠砌成的弧形窗楣，窗下有砖砌的窗台。

1924年1月，毛泽东在广州出席国民党一大并当选为国民党中央候补执行委员，2月中旬来到上海。同年6月，夫人杨开慧、岳母向振熙带着年幼的毛岸英、毛岸青来到这里。家人团聚，共享温馨，一起度过了6个月时光。当时，毛泽东除了担任中共中央局秘书和负责组织工作外，还在国民党上海执行部任执行委员、文书科代理主任、组织部秘书，负责苏、浙以及邻近地区的党务工作。杨开慧除了料理家务、整理文稿外，还每周两次定期到工人夜校讲学，从事工运和妇女工作。1924年12月，毛泽东由于积劳成疾，经中共中央同意，遂与杨开慧全家离开上海回湘疗养。

诗画上海

毛泽东寓所旧址

毛泽东旧居陈列馆

第五章 革命摇篮

毛泽东旧居雕塑

毛泽东旧居

青年团中央机关旧址

诗画上海

中国社会主义青年团中央机关旧址

社称外国语，
实是青年团。
回望霞飞路，
曾经岁月寒。

  淮海中路 567 弄 6 号，有一幢砖木结构老式石库门二层小楼，坐北朝南，内有客堂、厢房、前楼、亭子间等。90 多年前，在法租界霞飞路渔阳里这条不起眼的弄堂里，"共产主义，马列主义，……"每天琅琅的俄语读书声从中传出。一块外国语学社的牌子挂在门口，看似仅为一所普通学校，却有着光辉灿烂的革命历史。

  这里既是中国共青团的发源地，也是中共党团组织第一所培养青年的革命学校。1920 年 4 月，共产国际代表维经斯基与杨明斋设中俄通讯社，租赁此房，这里成为上海共产主义小组的活动场所。7、8 月间，在以陈独秀为首的上海共产主义小组领导下，俞秀松、叶天底、袁振英等 8 人于此创立上海社会主义青年团。在正式团的中央机关未组成时，以上海团的机关代理中央职权。此后为了掩护革命活动，帮助准备赴苏、法的青年学习外文，更为培养党团干部，1920 年 9 月，此处创办外国语学社。任弼时、萧劲光、刘少奇、罗亦农等就是在这里学习革命理论和俄语，之后赴苏留学，从此踏上革命道路。学生的教室设在楼下厢房，楼上前楼是团中央办公处，后楼是宿舍。

  如今，整修扩建后的旧址纪念馆对外开放，真实再现了当年团中央机关、上海社会主义青年团和外国语学社的原貌。那段曾经发生在青瓦白墙里的红色故事，永远留在了中国青年运动的史册。

周恩来早期革命活动旧址

久负凌云志，

雄心不可移。

十年勤面壁，

破壁正当时。

永安里因大名鼎鼎的永安公司投资建造而得名，其前半段建于1925年前，共3层，砖木结构。永安里属于新式花园里弄住房，户户毗连，联排朝南而居。部分为永安公司员工住宅或宿舍，部分出租。就是这样一处普通的上海石库门里弄住宅内，却隐藏着一个鲜为人知的秘密。周家是在1927年搬到永安里的，当年先后住在永安里44号的是周恩来的二伯父、二伯母、父亲。

周恩来于1928年至1931年底留在上海工作，任中共中央组织部长和中央军委书记，实际主持中共中央工作，并领导中共情报、通讯、锄奸、保卫工作。1931年，由于顾顺章被捕叛变，周恩来和邓颖超事先得到了消息，并紧急从原来的居所转移。他们以44号主人家亲戚的名义，在这里小住了一段日子，并于当年的12月离开了上海，到达中央苏区首府瑞金。

不久之后，周家人为了安全也搬离了此处。直至虹口区第三次全国文物普查，周恩来曾在上海居住于永安里44号的事实才被重新发现。此处，2009年公布为虹口区文物保护单位，2014年公布为上海市文物保护单位，现为民居。

诗画上海

周恩来早期革命活动旧址

周公馆

周 公 馆

抗战硝烟方散去,
风云又会思南路。
多方奔走为和平,
深巷梧桐天欲雨。

中国共产党代表团驻沪办事处纪念馆坐落在思南路 73 号（原马斯南路 107 号），这是旧上海法租界里一条以幽静出名的小马路。1946 年 6 月，这栋独立住宅沿马路的门上挂出了"周公馆"的牌子，还有英文 Residence of General Chou En-Lai（周恩来将军寓所）。1945 年抗战胜利后，国共两党经过重庆谈判，签订《双十协定》《停战协定》。根据协定，中共在南京、上海设立办事处。但由于国民政府的阻挠限制，办事处对外才用了周恩来将军寓所的名义，俗称"周公馆"。

这是一幢建于 20 年代的独立法式花园住宅，坐北朝南，一底三楼。一楼朝南是会客室，会客室东面一间是周恩来的工作室和他与邓颖超的卧室。卧室内摆设简朴，只有一张双人床和写字桌、木椅等。三楼是董必武夫妇及工作人员卧室。周恩来、董必武、邓颖超、陆定一、李维汉等曾驻此开展工作，多次举行记者招待会，召开民主人士座谈会，宣传中共和平建国方针和政策；揭露国民党假和平、真内战，假民主、真独裁的阴谋。这里同时设有中共上海工作委员会，编辑出版《群众》周刊和英文版《新华周刊》。

1946 年 11 月，周恩来率中共代表团返延安，办事处改名联络处，由董必武主持。后因国民党拒绝和谈而撤销。周公馆是保留完整、对外开放的周恩来在沪革命生涯的纪念地。它对中国人民的解放事业起到了重要作用，在中国革命史册上留下了光辉的一页。

陈 云 故 居

革命路漫漫，
冰天不惧寒。
幽幽青浦水，
默默听评弹。

  陈云故居是陈云青少年时期的居所，紧挨青浦区练塘镇河下塘街。陈云两岁丧父，四岁丧母，因此与姐姐陈星寄居舅家，即为此地。

  故居一直保存完好，是一座砖木结构的老式江南民居。正面为沿街的店面，人字形坡顶，小青瓦白粉墙立面。后面是二层小楼，楼上南北两面有六扇槛窗，均为海棠菱角式玻璃窗，侧面山墙上可以看到暴露的木构架。陈云生前十分关心家乡人民，他多次来信："不要把故居空关着，空关是极大的浪费，可让给困难的居民住或作为街道办事处。"1982年，故居成了街道办事处和镇工业公司办公室。1984年，再一次修缮。1990年，以故居为中心建造了青浦革命历史陈列馆，由中共中央总书记江泽民题写馆名。2000年，陈云故居再次正式对外开放且为历史纪念馆的一部分。

  陈云的屋内置有木床、方桌、靠椅、小皮凳、油灯、茶壶等，均为原物。墙上悬挂陈云年轻时照片及舅父母遗像。两层辟有4个展馆，展现陈云生平事迹，陈列有大量图照、文献和文物。

第五章 革命摇篮

陈云故居

瞿秋白寓所旧址

瞿秋白寓所旧址

山阴路上居秋白，
陋室芝华情义深。
大浪淘沙见傲骨，
书生意气写丹忱。

  山阴路（解放前为施高塔路）133弄由日商桓产株式会社投资兴建于1920年，故初名"日照里"，后亦名"东照里"。弄内计有三层日本式住房122幢，住户大多是日侨。这其中的12号是一幢二层日本式新式里弄住房，曾经在3个月的时间内作为瞿秋白夫妇在上海的居所而存在。1931年1月的中共六届四中会议后，瞿秋白因受王明等打击而被排挤出中央领导机关。同年9月，瞿秋白成为国民党重赏通缉人之一，故瞿秋白夫妇屡次迁家。

  1932年11月、1933年2月，瞿秋白两次往北川公寓三楼鲁迅处避难。瞿秋白在上海期间的安全难以保障，于是鲁迅委托日本友人内山完造替瞿秋白夫妇租赁比较安全的住宅，最终租下此处的日本人住房。这段时间里，鲁迅几乎天天去看望他们，有时还带些书籍、日用品送去，瞿秋白也常在晚上去鲁迅家坐坐。在这3个月里，瞿秋白完成了《鲁迅杂感选集》的编选任务，并写下了一万七千多字的序言。同年6月，根据中共上海临时中央局意见，瞿秋白夫妇搬出东照里住到冯雪峰处。岁末，瞿秋白离沪赴江西任中央工农民主政府人民教育委员。今瞿秋白纪念馆在瞿秋白故居内建立，"瞿秋白同志纪念馆"由邓小平同志题写，"瞿秋白同志故居"由茅盾题写。

黄炎培故居

浦东文化在川沙，
大院著名称沈家。
抱一润之窑洞对，
商山明亮出朝霞。

内史第是上海川沙镇上一座闻名遐迩的江南民宅，它坐落在川沙镇兰芬堂74弄1号。它的第三进二楼东厢房前楼是我国著名的政治和社会活动家、民主人士黄炎培的出生地，又是宋庆龄、宋子文、宋美龄姐弟的出生地，文化名人胡适母子也曾在此居住过。黄炎培的侄子、著名音乐家黄自也出生在这里。众多文化界、政治界的名人均与此结缘。大门口有古典精致的仪门，正面有象征晚清建筑风格的"凤戏牡丹"砖雕，中间镶有"华堂映日"四字，仪门背后上有"凤戏牡丹"、下有"德厚春秋"四字。脊的正中置有盆景万年青，脊端凤首遥望。正楼前有一座黄炎培铜质头像，上悬陈云同志手书"黄炎培故居"匾额。

黄炎培以始终不渝的爱国主义信念和对光明、对真理的追求，以"朝闻道，夕死可矣"的精神，紧跟共产党，把晚年贡献给社会主义事业。

黄炎培故居

五卅惨案烈士流血处

纱厂进狼豺，

童工瘦似柴。

雄鸡鸣五卅，

此处英魂埋。

  南京东路 772 号门前，曾经"演着一出大残杀的活剧"，如今每于此处路过，都难以想象当年的惨烈。1925 年 2 月，四万名华工因为日本工头殴打童工而走上街头抗议并取得胜利。同年 5 月 15 日，因日商撕毁协议，棉纱厂工人、共产党员顾正红在与日方交涉时被打死，激起了全市人民的愤怒。上海的学生也参与到游行和演讲当中，这两千余名手无寸铁的学生抗议日本纱厂资本家枪杀中国工人顾正红，声援日商内外棉厂的中国工人斗争。而公共租界巡捕房在此压力之下，竟然逮捕了示威群众一百多人，但下午仍旧有数千人聚集在此要求释放被捕者。

  面对声势浩大的群众队伍，英捕房如临大敌，见控制不住事态，手握机枪虎视眈眈地逼向示威群众。5 月 30 日下午 4 时许，英捕房打响了罪恶的第一枪，接着，子弹不断射向示威队伍。当时死伤数十人，鲜血染红南京路，酿成了震惊中外的"五卅"惨案。一石激起千层浪，中共中央连夜召集会议，决定号召上海民众开展罢工、罢课、罢市斗争。一时波及全国，形成空前规模的反帝热潮。

  1985 年 5 月 25 日，上海市文物保护委员会在南京东路 772 号门前勒石纪念，刻着"五卅惨案烈士流血处"几个字。

第五章 革命摇篮

五卅惨案纪念碑

四一二惨案纪念地

四一二惨案纪念地

不测风云卷天地，
英雄无数壮悲还。
可怜祖国多劫难，
主义纯真度险关。

　　四一二惨案纪念地是沪上一处鲜为人知的流血纪念地，位于今宝山路220～300号一带道路上（原宝山路鸿兴路口至三德里弄口附近）。1927年3月上旬，上海工人在周恩来、罗亦农、赵世炎、汪寿华等同志的领导下积极准备第三次武装起义。3月21日，第三次武装起义成功。当中共成为国民党独裁的障碍时，蒋介石露出了本来面目，联络师友决定清党，上海流氓势力以积极的姿态充当了刽子手。1927年4月12日，凌晨一时，由蒋介石收买的青、红帮流氓为先锋，先后在闸北、沪西、吴淞、虹口等地区，袭击工人纠察队。工人纠察队奋起抵抗，双方发生激战。除了与国民党的历史关系外，促使上海流氓势力举起屠刀参加扼杀革命，还有两个不可忽视的因素，即上海流氓的反人民反革命本性，以及租界殖民当局的支持。13日，上海总工会在闸北青云路广场召开工人群众大会，会后，群众高呼口号游行请愿，要求释放被捕工人，交还纠察队员枪械。当队伍行至宝山路时，又遭到反动派军队的大屠杀，以步、机枪射击镇压。当场枪杀百人以上，伤者不可计数。宝山路一带马路变为"血海"，是为"四一二惨案"。

八路军驻沪办事处旧址

国难出雄师，
扬眉自可期。
中流砥柱在，
风雨如晦时。

八路军驻沪办事处（简称八办）旧址位于静安区延安中路504弄21号（原福熙路多福里21号）。这是我党在沪设立的公开机构，李克农是第一位主任，后由潘汉年接任。八办的主要任务是团结在上海的抗日救亡社会各界人士，与宋庆龄、沈钧儒、郭沫若、救国会领袖"七君子"都有密切往来。八办十分重视宣传中共的方针政策，印发机关刊物《内地通讯》，出版《民族公论》《文献》等。八办存在的两年之间，经历了从国统时期公开的八办到沦陷时期秘密的八办这两个重要的阶段，在中共中央的领导下，上海八办开展了富有成效的情报工作。

八路军驻沪办事处旧址

第六章　苦难新生

她曾与灾难深重的国一样，饱经风霜。战火燃起，仁人志士前仆后继，浴血奋进，寻寻觅觅，终于踏上新生的轨迹。

小 刀 会

众说小刀会，
口碑青石存。
史书有多少，
欲问总无门。

"东校场，西校场，兵强马又壮；要投小刀会，去到点春堂。"小刀会是成立于厦门的民间秘密团体，属天地会支派，1851 年传到上海。1853 年春，受太平军攻占南京和福建小刀会起义的影响，上海各秘密团体相继合并于小刀会，会员数千人。

同年 9 月 5 日，周立春首先起义攻克嘉定。7 日，刘丽川、潘起亮等起兵响应，攻占上海县城，生擒上海道台吴健彰，建立"大明国"（后改称太平天国），并上书洪秀全表示接受太平天国领导。这是当时响应太平天国的众多起义军中较有影响的一支。上海豫园里有个点春堂，造于 1820 年，面阔三间，进深三间，与周围的快楼、假山、歌舞台、和煦堂等相映成趣。堂名取自苏东坡词句"翠点春妍"。

上海小刀会起义时，在此设立公署，决议大事。后来，中外反动势力内外勾结，血腥镇压。小刀会起义部队因弹尽粮绝，只得突围撤离。小刀会起义虽占领上海县城仅 18 个月，但他们反帝反封建的不屈不挠的斗争精神却永垂青史，点春堂也就成了小刀会起义的象征。

第六章 苦难新生

点春堂

太平天国烈士墓

太平天国烈士墓

上海进军李秀成，
梦中天国一时明。
纷纷血雨洒天下，
太平原来不太平。

　　太平天国烈士墓位于今浦东新区高桥镇屯粮巷。1862 年 1 月，太平军第二次东征上海，其中一支从吴淞过黄浦江攻高桥，于屯粮巷击溃清军，设指挥部于高桥镇北街，筑圣营（即大型堡垒）6 座、炮台 50 余座。因高桥镇是上海咽喉，外国势力对此深感不安。2 月 21 日，华尔洋枪队伙同英法侵略军反攻高桥。其丧心病狂，竟纵火焚烧高桥镇。敌武器先进，敌我力量对比悬殊，激战后，2 月 24 日太平军撤离。当地农民收殓太平军遗体百余具，埋于屯粮巷，因墓体狭长，俗称"长坟"。之后百姓自发供祭，1890 年清廷下令严禁。日久，渐成荒冢。

　　1954 年，经上海市人民政府批准，在此建墓立碑。1985 年，重修扩建。黑色墓碑庄严肃穆，碑上刻有"太平天国烈士墓"字样，碑阴有记："在 19 世纪 50 年代的历史条件下，太平天国除了担负起反对封建势力的任务外，更担负起反对外国资本主义侵略势力的任务。太平天国的英雄们，为了完成历史所赋予他们的革命任务，曾作了英勇的斗争，他们的战绩是辉煌的。1862 年，忠王李秀成胜利进军上海，在这里有力地打击了外国资本主义的侵略势力，表现了崇高的爱国主义精神。"

第六章　苦难新生

李鸿章故居

李二当年赴国殇？
纷纷众口说玄黄。
丁香园内丁香盛，
到此总教人断肠。

19世纪60年代后，洋务运动兴起，李鸿章在上海开办多处实业，因此常来常往。传说，李鸿章在上海公干时，经常带上宠妾丁香。但丁香与李家正室不合，于是李鸿章暗示盛宣怀在上海为其置办一处产业。盛宣怀选定了海格路（今华山路849号），购地建房，让丁香入住，故名"丁香花园"。故事有趣但多为野史小说，子虚乌有。实际上，这里的真正主人是李鸿章幼子李经迈。父亲见其年幼迈弱，遂将这处房产转交于儿子，保其余生归宿。

丁香花园1号楼

孙中山故居

> 驱除鞑虏赴时艰，
> 领袖群豪家国还。
> 赤子为民穷四海，
> 存留一梦在香山。

孙中山从事革命长达 40 年，上海也是他革命活动的重要场所之一。坐落在黄浦区香山路 7 号（原莫利爱路 29 号）的这一幢欧洲乡村式样小洋房，是四名加拿大华侨购赠孙中山的，他与夫人在此定居。故居外墙贴饰灰色卵石，红色鸡心瓦屋顶。楼前草坪呈正方形，三面植有冬青、香樟、玉兰等花木。建筑的色彩相对单一，以冷色调为主。故居有两层，楼上是书房、小会客室和卧室。卧室西南角有一靠背沙发椅，著名的《孙文学说》，就是坐在这里写成的，宋庆龄也在这里打印出孙中山口授的《实业计划》底稿。1925 年 3 月 12 日，孙中山因病在北京逝世。宋庆龄于 4 月 11 日回到上海，始终挂念着这幢老房子，并继续在此居住到 1937 年。

宋庆龄这样评价故居："中国人民曾经经历了漫长而艰苦的道路取得胜利，而为建设富强繁荣的社会主义奠定基础。在这条道路上，中山故居象征着重要的里程碑。"现故居内的陈设绝大多数为原物原件，并按二三十年代的原样布置。

徐汇区武康路 393 号有一座老房子艺术中心，这里就是中国资产阶级民主革命家黄兴于 1916 年在上海居住过的寓所，人称"黄公馆"。被称为民国伟人的黄兴是辛亥革命的领袖人物，人们将他与孙中山并称"孙黄"，两人在革命生涯中结为挚友，并肩奋斗。

孙中山故居

宋庆龄故居

宋庆龄故居

自此启程奔协商，
存亡救国早登场。
中华淑女浪头立，
果断远超男子强。

在繁华的淮海中路西端1843号有座院落，这里闹中取静，常年葱茏苍翠，四周灰墙围绕。院落中间是一片碧绿的草坪，边上种植了樟树、广玉兰等一些常青绿树。草坪前有一座乳白色船形三层西式楼房，这就是我国近现代史上杰出的女性宋庆龄生前的寓所。当年抗战胜利后，为了将莫利爱路（今香山路）的孙中山故居辟为"国父纪念馆"，宋庆龄慷慨将其让出，另租赁了靖江路（今桃江路）45号房屋居住。她在上海一直没有像样的固定寓所，当时社会舆论与部分国民党人士颇有意见。蒋介石于是下手谕，将蒋纬国住过的林森中路（今淮海中路）的这座院落拨给了孙夫人。

宋庆龄于1948年底迁居此处后，一直在此生活、学习和工作。故居陈设都按其生前的原样布置，楼下是过厅、客厅、餐厅和书房，精致朴素。客厅北面墙上挂着孙中山遗像，南墙上挂着毛泽东1961年来此看望她时的留影，她曾在客厅会见过毛泽东、周恩来等许多党和国家领导人。二楼是卧室和办公室，卧室内的一套家具是结婚时父母所赠嫁妆。从办公室走过内阳台，就是李燕娥的卧室。李燕娥从18岁开始就来到宋庆龄身边照顾她的生活。楼下车库里还停着斯大林赠送的吉姆牌轿车。

院内宋庆龄饲养过的鸽子的后代仍在飞翔，象征着故居的主人毕生为世界和平、人类进步事业奋斗不懈的精神与世长存。

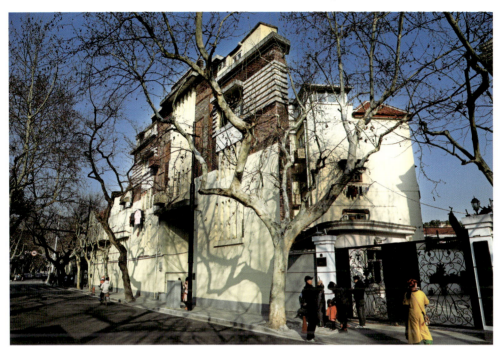

黄兴故居

东平路9号蒋介石故居

蒋介石故居

东平路上筑新居，
中正美龄同爱庐。
欲说还休频演绎，
青天白日荡然无。

  1927年底的蒋宋联姻，是当时国民党政府中最有权势的蒋介石与最有财富的宋氏家族间的联姻，是蒋宋联手统治中国的开始，也是蒋、宋、孔三大家族政治、军事、经济联盟初步形成的标志，其影响极为深远。蒋宋联姻后，两人经常来沪，却没有适当的住宅。当时贾尔业爱路（今东平路）9号有一幢建于20世纪20年代的法式花园别墅，原业主为外侨，被宋家买下作为宋美龄的陪嫁。加之与香山路孙中山故居有几分神似，故深受蒋介石的喜爱，被称为"爱庐"。

  建筑面积近一千平方米，很大一部分用作绿化。建筑用料和设施考究，墙面为细卵石，窗口与墙隅作齿状仿石装饰，暗红色菱形瓦坡屋面。内室是柳桉木地板，火墙、壁炉、四件式彩色洁具一应俱全。蒋氏居此总共仅六七次，最多一次也不到两个月，倒是宋美龄经常来此小住，宴请宾客。

  上海永嘉路383号的主人就是当时主宰半个旧中国经济命脉的孔祥熙。蒋介石、宋子文、孔祥熙、陈果夫和陈立夫四大家族为代表的官僚资本主义经济，靠内战和买办活动起家，用政权的力量进行经济独占活动，逐步完成对国民经济的垄断。因与蒋介石之连襟关系，孔祥熙几十年效力于蒋氏政权,历任要职,长期经商沪上,攫取大量财富,曾在上海广置房产。

东平路7号孔祥熙故居

杜 公 馆

黑道昏昏日,浦江水正寒。
羽扇装文雅,名动上海滩。
唯其恶东洋,说来不平常。
今人访旧宅,历史已冰凉。

诗画上海

杜公馆（东湖宾馆 7 号楼）

杜月笙以贩卖鸦片、经营赌场、绑票等起家，后与黄金荣等开设了三鑫公司，垄断法租界鸦片提运。虽然人在青帮，却又在 1927 年组织中华共进会，参加"四一二"反革命政变，纠集门徒，屠杀共产党。

东湖宾馆 7 号楼这栋恢宏的公馆是 1934 年金廷荪花巨资"孝敬"杜月笙的，院落由 6 幢建筑组成，院外还有一座琉璃瓦的凉亭。这个院落由建安测绘行设计，新明记营造厂施工建设。杜月笙将公馆安排给了自己的各位太太，然而由于新公馆房间数太多，装修耗时 4 年才完工，适逢"八一三"淞沪抗战爆发，杜月笙积极参与抗日的相关后方工作，主动将新公馆作为办公地点借出，自己从未入住。

第六章 苦难新生

龙华烈士陵园

高风吹拂柏森森,
驻足聆听不了音。
何处心潮总澎湃,
无言默默对碑林。

有着"上海的雨花台"之称的龙华烈士陵园,是一个浸染着鲜血的地方。陵园位于今徐汇区龙华街道,当年被称为"魔窟"的国民党淞沪警备司令部就在这里。

1927年,蒋介石背叛革命,国民党反动派血腥镇压共产党人和革命群众。1928年为了纪念在这里阵亡的烈士们,公园内兴建了一座烈士陵园,并将整个公园取名为血华公园。后来,这里几度改建并与上海烈士陵园合并,最终成为了现在的龙华烈士陵园。1927年至1937年间,在这里被监禁、杀害的革命者和烈士,经过调查而知道姓名的就有8000多人,这是何等的悲壮惨烈!1950年,上海市人民政府在此附近挖掘出一批遗骸和遗物,老一辈革命家遂萌生了在此建立龙华烈士陵园以告慰先烈的心愿。经证实,龙华二十四革命烈士就是在这里遭到秘密枪杀的。

鲁迅曾说:"至于看桃花的名所,是龙华,也是屠场,我有几个青年朋友就死在那里,所以我是不去的。"他的几个青年朋友就是二十四烈士中的几位左翼作家联盟人士。1991年7月1日,陵园开始对外开放。战争已然过去,此处有幸埋忠骨,龙华古寺与龙华塔在远处,好似默默在为烈士们的英灵超度。

诗画上海

龙华烈士陵园

淞沪抗战纪念碑

"一·二八"事变

日寇但挥刀,
国军多遁逃。
仁人难屈服,
沪上胆肝豪。

"一·二八"事变是日本帝国主义侵犯上海的事件。1931年"九一八事变"后,日本海军想要转移国际对日本强占中国东北的注意力,趁机挟持溥仪建立伪满洲国政权,故企图侵犯上海。1932年1月18日,日本驻上海领事馆武官勾结日本女特务,制造了日僧事件,并提出一系列无理要求。国民党政府虽然接受这些要求,但是,同年1月28日夜间,日本侵略军还是由租界向闸北一带突然发起进攻。事变爆发后,国民政府改避战为局部抵抗,这是中国对日还击的开始。蔡廷锴、蒋光鼐率领的十九路军,在全国人民抗日高潮推动和支持下,抵抗日本侵略者。

在中国共产党领导下,上海日本工厂工人举行抗日同盟罢工,各界人民组织反日救国会,积极支援前线。经过一个多月的战斗,打死打伤日军1万余人。3月初,日军在太仓浏河登陆,十九路军被迫撤出上海。中国军队的顽强抵抗、英美两国的外交调停,最终迫使日本回到谈判桌上,并在5月5日与中国达成了《淞沪停战协定》,维持了上海的和平,恢复到事变之前的状态。但是,英美调停只是暂时缓和了日本军国主义的侵略进程,却未能彻底遏制其侵略势头。

金山卫城南门侵华日军登陆处

十月秋深风已寒，
东洋倭寇恶登滩。
纷纷惨雨汇塘水，
血迹至今犹未干。

　　1937年，侵华日军为迅速结束淞沪战役，实施了在杭州湾北部登陆攻占上海的计划。11月5日凌晨，日军第十军在金山卫、漕泾镇、全公亭三处发起登陆行动。登陆时，杭州湾北岸几十千米长的海岸线上，中国仅有少数兵力和地方武装防守。既无重炮，也无像样工事。金山卫的防守力量更是薄弱，10万装备精良的日军迅即突破防线，登陆成功。金山卫成为日本结束淞沪会战的突破口，中国驻军百余人奋起抗击，终因兵力悬殊，全部壮烈牺牲。

　　日军登陆后，还制造了骇人听闻的"金山卫十月初三"惨案，在沿海村庄，大肆奸掳烧杀，不分男女老幼，杀戮殆尽，惨烈之状，世所罕见。整个11月，在城十字街，西砖桥北的池塘边残杀中国百姓，血流满塘、尸体成堆，这就是侵华日军制造的杀人塘。金山卫城南门侵华日军登陆处纪念碑亭位于金山区金山卫镇卫城南门口内，原南门吊桥脚下，为1985年9月金山县人民政府所建。碑亭占地80平方米，四角方亭、筒瓦顶，围以石栏，南北石阶五级。中立石碑，花岗岩质，正面书刻"金山卫城南门侵华日军登陆处"，背镌碑文，记述日军罪行与中国守军英勇抗击史实。1984年3月19日，这里被公布为日本帝国主义侵略上海遗址纪念地点。

金山卫城南门侵华日军登陆处

四行仓库抗日纪念地

四行仓库战孤军，
誓死抗倭天下闻。
八百男儿抛碧血，
苏州河畔著雄文。

20世纪二三十年代，上海因为工商业发达，国内外银行纷纷在上海设点。1921年，盐业银行、金城银行、中南银行和大陆银行成立联合交易所，简称"北四行"。其后这四家银行又成立四行储蓄会，并在苏州河畔买地建仓库，这就是后来赫赫有名的四行仓库，位于光复路21号。

仓库建成后不久，1937年，"八一三"淞沪抗战爆发，为掩护中国

四行仓库抗日纪念地

第六章 苦难新生

守军撤退,第88师下属524团副团长谢晋元率一个营,退守四行仓库。当时部队只有四百多人,为了扩大声势说有八百人,号称"八百壮士"。八百壮士孤军坚守四行仓库,奋勇抵抗,打退日军数十次进攻,毙敌百余,沉重打击了侵略者的嚣张气焰,鼓舞了国内人民的抗战斗志。

淞沪抗战中,除了大家耳熟能详的谢晋元八百壮士大战四行仓库,姚子青营六百名壮士死守宝山城也是一场血肉横飞、震惊中外的恶战。在敌众我寡、城外阵地被陷、后方补给被截的严峻形势下,姚子青仍然沉着指挥,全营官兵同仇敌忾,誓与宝山县城共存亡。

战斗从1937年8月31日一直持续到9月7日,姚子青率领剩下官兵二十多人,与日寇进行最后肉搏。最终年仅29岁的营长姚子青及全营六百名官兵血洒沙场,死守县城七昼夜后全部壮烈殉国。就连凶暴的日本人也被中国勇士的精神折服,日军进城后将死者尸体收殓掩埋,并列队鸣枪致敬。

姚子青营抗日牺牲处

犹太难民纪念馆

弱国最难护难民,
东方大爱最情真。
纷纷天道赞人道,
唯愿烽烟已绝尘。

  有这样一群老一辈的犹太人,他们虽遍布各处,却将上海视为自己的故乡。这是因为第二次世界大战时,约有 3 万犹太人在 1937 年至 1939 年之间,从德国、奥地利、波兰和其他欧洲国家移民到上海。当世界其他地区都关闭了大门,上海却敞开双臂接纳了他们,在上海的犹太人构成远东地区最大的犹太社区。

  太平洋战争爆发后,日本当局在虹口提篮桥地区划定了无国籍难民限定居住区,其中曾生活着近两万名犹太难民,他们与当地居民和谐相处、共渡难关。这些犹太难民经常在摩西会堂聚会和举行宗教仪式,因此这里被称为"小维也纳",犹太青年组织也一度将其总部设在摩西会堂。这座由俄罗斯犹太人修建的会堂,真可谓当时的一艘"诺亚方舟"。如今位于长阳路(原华德路)62 号的会堂,是根据初始的建筑图纸原样复原的,已经成为上海犹太难民纪念馆。纪念馆建筑风格朴素稳重,主体为三层,山字形入口显示犹太建筑的特色,内部即使楼梯扶手雕饰等细节也相当精美。馆内众多的展出品,生动再现了犹太难民在沪的这段历史。以色列前总理拉宾曾在参观时留言,认为这是"第二次世界大战时上海人民卓越无比的人道主义壮举"。

第六章 苦难新生

犹太难民纪念馆

提篮桥监狱

提篮桥监狱

提篮桥是三平调,
难得赋诗在今朝。
先烈罪人同日寇,
纷纷血雨此中飘。

坐落于虹口区长阳路147号的提篮桥监狱,承载着历史的积淀,历经苍黄翻覆,跨越世纪长河,如黄浦江潮起潮落,奔流不息。这里见证着一座监狱与一个城市跨越百年的风云际会。

提篮桥监狱始建于1901年,1903年建成启用,周围有5米多高的界墙,四角有警戒和监视的岗楼。初建时仅两幢监房,监室480间,但当时这座监狱规模之大,关押犯人之多,在远东是数一数二的,时有远东第一监狱之称。后经多次改扩建,至1935年达到现有规模。这曾称为上海公共租界工部局警务处监狱,俗称西牢房、提篮桥外国牢监、华德路监狱等。

第二次世界大战后,这里成为中国境内第一个审判日本战犯的场所。建国后,上海市监狱管理局先后投入三百多万元资金,将提篮桥监狱一幢六层高的十字监楼改造为上海监狱陈列馆,于1999年12月29日正式开馆。2014年8月24日,上海监狱陈列馆由国家民政部公布为第一批国家级抗战纪念设施、遗址。提篮桥监狱历经英国租界、日本侵略统治、汪伪时期、民国政府统治和新中国管理等5个阶段,是迄今为止仍在发挥司法功能的百年老监狱,是中国近代史上的"司法文物",更是见证中国近百年来司法进程的"活化石"。

第六章 苦难新生

漕宝路七号桥碉堡

兵家战马嘶,
官路直通西。
七号桥碉堡,
壮悲两难提。

原上海郊区七宝镇中的漕宝路,是进入上海市区的重要通道,而漕宝路七号桥碉堡更是上海西部战略要点。其位于今闵行区七宝镇东北漕宝路七号桥东堍北侧,西为蒲汇塘,南为漕宝路。抗日战争期间,七宝恰处日伪"清乡"封镇线西侧,日寇在漕宝路七号桥设检问所,为清乡封镇线的重要关卡。1949年1月,国民政府守军汤恩伯部为固守上海,

漕宝路七号桥碉堡

阻止解放军，在上海市区和郊区构筑了三道防御体系。

该碉堡成为近郊 9 个核心观察指挥所之一，为在原日伪大检问所两层碉堡岗楼的基础上加固改造而成的双层子母堡。中为两层圆柱体母堡，上层周边均等分设小枪眼；下层构筑 3 个子堡，紧依附母堡，成"三星拱月"之势。子堡于外突圆弧的最突出处各设一大孔枪眼，两旁还各设一小枪眼，母堡下层外墙间隙，也各设一小枪眼，形成母子庇护、子子呼应的连环防护体系。1949 年 5 月，中国人民解放军进军上海先头部队二十七军八十一师某部四营指战员与以七号桥为据点的敌守军激战三昼夜，此役战况惨烈，我方伤亡将士数百名，战后仅埋骨于七宝教寺北侧之将士即达 37 名。岁月流逝，历经沧桑，碉堡成为历史的见证。

人民英雄纪念塔

巨柱擎天解放碑，
长江浪卷劲风吹。
汤汤春水向东去，
汇聚千川是永垂。

黄浦这块土地记载着中国人民的耻辱史，同样也记载着中国人民顽强的抗争史。为缅怀 1840 年以来牺牲的革命先烈，新中国成立后，上海市人民政府随即决定在黄浦公园建造人民英雄纪念塔。

上海解放的第二年，第一任上海市长陈毅元帅亲自为纪念塔奠基。其后又因种种历史原因耽搁停滞，直到 40 多年以后才正式落成。纪念塔塔名为江泽民同志书写，整座建筑由圆岛、大型浮雕、圆雕和塔体组成。圆岛位于黄浦江、苏州河汇合处，由原黄浦江与苏州河江堤分别向外延伸，上有3座平桥与公园相连。大型浮雕《革命斗争风云》，嵌镶于塔座壁四周，按内容分为抗英斗争、传播革命思想、工人运动、建党、抗日战争、第二条战线、解放上海。塔体位于圆岛正中，3根擎天巨柱拔地而起，寓意自鸦片战争、"五四"运动、解放战争以来光荣牺牲的先烈永垂不朽。圆雕《浦江潮》，为一挣脱锁链、高擎红旗的革命英雄形象。

在2009年中华人民共和国建国60周年前夕，经过重新修葺的上海市人民英雄纪念塔，焕然一新地出现在黄浦大地上。伴随着塔底免费开放的外滩历史纪念馆，可以在此感受中华民族百年的奋斗史，前事不忘，后事之师。

人民英雄纪念塔

第七章　艰苦创业

为民族富强事业而奉献的人，是不畏艰难困苦，勇往直前的。这个时代的符号，是他们所创造的建筑与精神的熔铸。

诗画上海

江南造船厂

纵横三世纪，
突出是民船。
强国需工业，
欣然望逝川。

  邻近卢浦大桥的中山南路鲁班路交界处有座高楼，其上"江南造船大厦"烫金大字远远可见。这座鲁班路 600 号大厦别有洞天，它的二、三楼是一座特殊的博物馆。这里不用泛黄的书页讲述历史故事，而是用珍贵、生动的代表性产品，孜孜不倦地探寻着"中国第一厂"的历史足迹。

1990 年代江南造船厂航拍

第七章 艰苦创业

从洋务运动起，近代军事工业启动，促进了第一代民族工业的诞生，中国走上了追求工业化的道路。江南造船厂的前身就是江南制造总局，后几经更名和变迁，历经岁月沧桑，从江南机器制造总局、江南船坞、江南造船所、江南造船厂演变为现在的江南造船（集团）有限责任公司。

江南创立之初，曾创造过无数个"中国第一"，他们炼出了中国第一炉钢、第一磅无烟火药，造出了第一批步枪、第一艘机动兵船、第一门机器制造火炮……新中国成立后，继往开来的"江南"人不畏艰难困苦，勇往直前，又造出了中国第一艘潜艇、第一台万吨水压机、第一批远洋考察船、第一艘导弹驱逐舰……锤炼出自强不息，敢为人先的"江南造船"精神。如今，在1800平方米的江南造船厂博物馆内，展示了1865年以来不同历史发展时期的代表性产品，459张旧照、77件实物和21件船模等，浓缩了150多年的江南造船厂历史，折射出中国近现代科技史、工业史、造船史的缩影。无论岁月如何变迁，无论名字如何改变，"江南"二字始终流传。它像一个时代的符号，承载和延续着民族富国强兵之梦。

龙 华 机 场

早筑茅巢岸水间，
随更时运几重天。
今看左右飞高远，
老辈常为新辈欢。

1960年代的龙华机场

  龙华机场始建于1917年，是旧中国修建最早的机场之一，原为水陆两用的军用机场，位于上海市徐汇区、黄浦江的西岸，因毗邻著名的龙华寺而得名。1929年10月21日，中美合资的中国航空公司的飞机从龙华机场起飞飞往汉口，开辟了民用航线。乘坐首航班机的是孙科夫妇和另一位客人。

  此后，龙华机场除中国航空公司使用外，也曾作为中德合资的欧亚航空公司及其改组后的中央航空公司的运营基地。抗战胜利后，辟有多条国内外航线。1951年，新中国民航在龙华机场开航。1964年，国际航班迁往扩建后的上海虹桥国际机场。1966年国内航班迁往虹桥机场后，龙华机场不再用于航空运输飞行。目前仍为通用航空机场，主要供直升机起降。

第七章　艰苦创业

上海展览中心

友好中苏何处寻，
延安路上有鎏金。
光辉灿烂聚人气，
见证八方佳客临。

位于静安区延安中路 1000 号的上海展览中心原名中苏友好大厦，建设在哈同花园原址上。项目由苏联中央设计院设计，苏联著名建筑师安德列耶夫主持，中方著名建筑师陈植等人配合完成设计。上海展览中心建筑群按中轴线对称布局，建筑之间围合成 3 个主要的室外广场，手法和型制与欧洲古典主义大型宫殿建筑群相同，十分宏伟。序馆的五座尖塔采用了大面积黄金饰面，在各重要入口和重点部位也采用了大量

俯瞰上海展览中心

125

汉白玉浮雕等高级天然石材、彩色镶嵌玻璃等，就当时的国力而言，非常难得。建筑群兼有展览和会议两大主要功能，代表了我国在特殊历史时期艺术水平的高峰，是保护最好的近代外来建筑文化遗产之一，被评为"上海市建国五十周年经典建筑金奖"，后又被列为"上海市优秀历史建筑"。

  50多年来，在这里举行过重大政治、外事活动，接待过党的三代领导人以及数十位外国国家元首、政府首脑，常年担负着上海市重大政治任务和市委、市府、市人大、市政协日常重要会议的服务保障工作。每年还组织和举办数百个国内外展览会和许多国际著名品牌的商业推介活动，已成为上海主要的会议中心和著名的展览场馆，是重要的政治、经济、科技、文化活动中心和对外交流的窗口之一，为上海的改革开放和社会发展做出了重要的贡献。

同济大学文远楼

同济大学文远楼

同济校园文远楼，
著名建筑必长留。
匠心独到建当代，
流畅自由难胜收。

以建筑专业闻名世界的同济大学校园的北部，有一座建于1953年、外形低调的淡灰色老建筑。它就是著名的文远楼，入选世界建筑史和中国建筑史的经典建筑。

文远楼是在建成数年后才被命名的，不少人尚不知"文远"的来由。当时采用我国古代著名科学家祖冲之的字"文远"，以表示对他的纪念。文远楼的建筑设计负责人是哈雄文教授，我国第一代建筑师，由清华学堂保送留美，与梁思成、杨廷宝等在美国宾州大学建筑系先后同学。文远楼是典型的三层不对称错层式钢筋混凝土框架结构建筑。虽然现在看来，楼的外表平整无奇，但在当时这栋建筑从平面布局到立面处理，从空间组织到结构形式都大胆尝试了现代建筑的观念和手法。大楼平面布局自由、功能流线合理、立面简洁平整，一些外国建筑师来同济参观，称文远楼是"中国的包豪斯"，它因此被冠以"现代主义建筑在中国的第一栋""我国最早的也是唯一的包豪斯风格建筑"等称号。

1993年文远楼荣获中国建筑学会优秀建筑创作奖，1999年10月入选了"新中国50年上海经典建筑"，2005年入选第四批上海优秀历史建筑名录，具有重要的历史价值、艺术价值和科学价值。2007年，文远楼进行了全面的生态节能改造，运用了十大建筑节能技术，取得显著的效果。2012年，文远楼又开创性地打造了建筑生态技术体验屋。

诗画上海

上海体育馆

万家灯火比辉煌，
七五当年名始彰。
高处照明有灯塔，
唯歌乡恋最难忘。

坐落于徐汇区漕溪北路 1111 号的上海体育馆，是一座我国自行设计和建造，具有一流水平的现代化体育馆。1975 年 9 月建成，占地面积约 10.6 公顷，建筑面积 47800 平方米，是当时国内建筑体量仅次于北京首都体育馆的体育馆，也是那个年代上海的标志性建筑之一。体育馆造型朴素大方，具有中国民族建筑特色。主建筑呈圆形，高达 33 米。采用中国传统的大挑檐形式，馆身用淡蓝色的吸热玻璃作围护，将 108

1980 年代的上海体育馆

根大窗框柱设计成白色竖线条,使赛馆显得挺拔庄重、雄伟壮观。它由比赛馆、练习馆、生活区和机房四个部分组成。比赛大厅门口两侧竖立着两根 30 米高的卤素灯升降灯塔,以及三组栩栩如生的运动员雕塑。大厅内高 33.2 米(约有十层楼那么高),直径 110 米,未设任何立柱,屋顶装有电子控制的满天星式碘钨灯。夜晚灯亮后,顶部满天星斗,绚丽多彩,十分壮丽诱人。比赛场地呈椭圆形,可供如篮球、排球、乒乓球、体操、武术等各种比赛使用。

建成后,凡在上海举行的重大国内、国际赛事大多在此进行,如第十届亚洲女篮锦标赛、第五届全运会有关项目比赛及闭幕式等,也曾举行一系列大型文艺演出和群众集会。大厅能容纳 1.8 万名观众,所以上海人亲切地称这里为"万体馆"。如今改造后,既保留了 70 年代的印记,又成了国内首家剧场式体育馆,变为名副其实的"上海大舞台"。

上海三大件

凤凰永久自行车,
家有缝机最是奢。
腕上时钟称手表,
冬天棉袖亦难遮。

20 世纪六七十年代,家庭收入逐渐增加,温饱问题开始解决。中国人结婚有了标配的"三大件",或被称为"三转一响一咔嚓"。"三转"就是"三大件"即手表、自行车、缝纫机,"一响"即收音机,"一咔嚓"就是照相机。稍稍上了年岁的中国人都知道,当年城镇青年置办婚礼,以"三转一响"最为奢豪,即"上海"牌手表、"永久"牌自行车、

1980 年代的自行车大军

"蝴蝶"牌缝纫机

"蝴蝶"牌缝纫机和"红灯"牌收音机。

"上海"牌手表

它们都是上海老品牌、老字号。一台"蝴蝶"缝纫机,让姑娘成长为持家的主妇;昔日"永久"二八大杠,就是今日的汽车;"上海"手表,则是身份和地位的象征。在当时,因为物质相对短缺的经济环境而成为奢侈品,一般都要凭票才能购买。上海开埠后,发展成全国的工商业中心,计划体制下的上海也是全国最大的工业基地。这些日用工业品使上海品牌走入中国的千家万户,成为一个时代"幸福生活"的代名词,是上海乃至全国人民心中铭记不忘的老牌子。

曹杨新村

新村首建新中国,
换了人间气象新。
二百劳模曾入住,
年将七十更良辰。

20世纪50至80年代,文学作品中曾经大量出现"工人新村",工人新村的建造是社会主义时期上海城市最重要的空间实践。著名的曹杨新村就是新中国建立最早和最大的"工人新村",位于上海普陀区。原来这里还是有着较多河浜的城郊棚户,其中有一条臭环浜,蚊蝇飞舞、臭气熏天。

诗画上海

曹杨新村

  1952 年 6 月，上海解放后，在西郊旷野上初步建成一个具有一般城市特征的工人新村，初期建设为两层带坡的砖木结构住房，分配给劳动模范和先进工作者居住。

  1953 年，上海市人民政府正式为其定名。工人住宅的四周，栽植了各种鲜花和树木；水电卫生设备俱全；房间里粉刷得雪白，光线充足，空气流通。此外，村内还建筑了合作社、诊疗所、浴室等。在住宅的中心，有一块大草地，可供人们散步和游玩。曹杨新村后来发展成 9 个新村，1951 年建成一村，1953 年建造二至六村，1958 年增建七村、八村，1977 年建九村。随着上海经济的向前发展，一代又一代多层房型楼宇在曹杨地区矗起，把曹杨的容颜一次次刷新，处处迸发出改革开放的盎然生机。1992 年，曹杨新村被国家作为中国城市街道建设的典范向全世界展示，先后接待了 150 多个国家和地区 10 多万人次的来宾参观。

第七章　艰苦创业

人民公社

开花心脏问张姚，
"文革"飓风掀大潮。
公社留存新旧址，
说来也是雨潇潇。

这里是枫泾古镇上一个独特的景点，一张张农业生产报表、一条条标语口号、一幅幅宣传画，还有旧凳子、旧台子、领袖画像，无不再现着那个时代真实的画面。

人民公社是特殊历史时期的特殊产物。1958年，全国上下掀起了轰轰烈烈的人民公社化运动。当时的枫围乡（今枫泾镇外围农村部分）也

人民公社旧址

133

成立了人民公社，取名火箭人民公社，次年 3 月改名为枫围人民公社。一直到 1984 年 1 月才恢复为枫围乡人民政府。前后 26 年时间，四分之一个世纪，这里一直是当时人民公社的办公地点。如今旧址位于和平街 85 号，是目前上海地区保存得最为完整的人民公社旧址。

斑驳的旧址门楣上金黄色"为人民服务"五个领袖体大字，至今依稀可见。走进大院，一排办公用房廊前立柱上"伟大的领袖毛主席万岁""备战备荒为人民"等一系列大红标语比比皆是，青砖墙面多幅毛主席黑白照片悬挂其上。一间间办公室里，当时贫协会、知青办、妇联、武装部等各种"权力中枢"发号施令的原貌依旧；会议室中"大海航行靠舵手，干革命靠毛泽东思想"大幅字画，"早请示、中对照、晚汇报"的气息仍存。后院还有毛泽东像章纪念馆、建于 1971 年的防空洞以及米格 15 飞机和 57 高射炮，展品丰富。今天的人们来到这里，历史的凝重感油然而生。

第八章　率先跨越

　　改革开放号角吹响,时代契机中的华丽转变,铸就不同凡响的天际线。这是令人奋进的速度,拥抱大洋的壮怀,引领世界的雄心。

陆家嘴夜景

陆 家 嘴

浦东拥有几多房，
难敌浦西置一床。
政策花开掀历史，
陆家嘴地美名扬。

  位于浦东的陆家嘴，黄浦江恰好在这里拐了一个近 90°的大弯，留下一片向西侧突出的冲积滩地。依上海地名通例，江河急弯处凸出的一方称"嘴"。从浦西向对岸眺望，这块滩地犹如一只巨大的金角兽伸出脑袋张开嘴在饮黄浦江之水。明代起，因翰林学士陆深祖茔及本人旧居在此而得名"陆家嘴"，并沿用至今。上海开埠后，外国人相继在此填滩辟地开设厂栈、建造码头，遂人口增多，商市兴起。昔日的陆家嘴被人遗忘、少人问津，至 20 世纪 80 年代末仍是一个低矮厂房、破旧棚户与阡陌农田犬牙交错的地方，只有消防瞭望塔、邮电大楼和东昌大楼等少量高层建筑。

  1990 年，伴随着浦东开发开放的号角，陆家嘴成为当时全国唯一以金融贸易区命名的国家级开放区。近 30 年间，昔日融合中外设计方案的纸上蓝图，早已在建设者手中一步步变为现实。一座座摩天巨厦相继矗立，每天都在见证上海的重要时刻。在这块面积不大的土地上，如今已聚集起近千家金融机构、公司财团总部，成为上海乃至全国最现代化的中央商务区。一个新生的陆家嘴完成了蜕变，迎着浦东开发的曙光迅速崛起，成为中国改革开放的新地标。黄浦江边外滩"远东第一金融街"上的大楼们，仍在默默诉说着辉煌的历史，而与其一江之隔的陆家嘴，则代表了这座城市的现在和未来，这是中国最美的城市天际线。

第八章 率先跨越

东方明珠

敢有灵思人造珠。浩然江水去，恋东吴。
曾经秋雨共桐梧。惆怅里，放眼觅通衢。
说道亦须臾。人稠思旷野，草皆无。
送来迎往叹江湖。你与我，高处看荣枯。

如果说上海是镶嵌在太平洋西岸的一颗明珠，那么矗立在浦江东岸的东方明珠广播电视塔，无疑是这座远东大都会的象征，如埃菲尔铁塔之于巴黎，如自由女神之于纽约。宽阔的黄浦江从它身边静静流过，岁月流逝，人来人往，它依旧矗立在那里，见证着上海改革开放的步伐。

东方明珠塔于1991年7月奠基，于1994年10月建成，同年11月开业。自开业后，已经有近三百位国家元首和政府首脑先后在此游览。塔内有15个观光层，2001年，上海城市历史发展陈列馆在电视塔座开馆。从最高的观光层，可以饱览浦江两岸的美丽景色。电视塔的结构简洁大方，由三根擎天大柱、太空舱、上球体、下球体、五个小球、塔座和广场组成。其最有特色的就是将11个大小不一、高低错落的球体串联在一起，与近旁上海国际会议中心两个地球球体，构成了"大珠小珠落玉盘"的美景，阳光下更是璀璨，故而得名"东方明珠"。站在远处看，中间的东方明珠塔和两侧的南浦大桥以及杨浦大桥，正好巧妙地组合成一幅二龙戏珠的巨幅画卷。入夜，浦江夜景世界闻名，东方明珠为其"统帅"，巨大的球体在五彩灯光的装饰下，光彩夺目、群星争辉，更显得晶莹剔透。

随着浦东的发展，东方明珠所在的陆家嘴，高耸的建筑群雄并起，在东方明珠的引领之下，与外滩万国建筑群交相辉映，吸引着来自世界各地的人们。

东方明珠

上海中心

风吹上海巅，
三水汇当前。
犹记渔村小，
敢为天下先。

如果想在上海市中心看到黎明的第一缕曙光，坐落在浦东陆家嘴金融贸易区核心区的上海中心绝对是不二之选。这里是目前已建成项目中中国第一、世界第二高楼，堪称上海之巅，632 米的上海中心，刷新了申城的天际线。632，不仅是一个数字，更是一座城市发展的标志。

2007 年，习近平在上海工作期间亲自审定了大厦的设计方案，2008 年 11 月 29 日，上海中心大厦正式开工并打下第一根桩，6 年后，工程正式完工。上海中心同金茂大厦、上海环球金融中心构成世界第一组超高层建筑群。上海中心呈螺旋式上升，圆形的楼身同相邻的黄浦江湾以及另外两座摩天大楼遥相呼应，并形成鲜明对比。上海中心好似一个"垂直城市"，是一幢集商务、办公、酒店、商业、娱乐、观光等多种功能的超高层建筑。作为陆家嘴核心商务区内高层建筑的收官之作，上海中心大厦拥有国际标准的超一流办公楼，绿化率高，即使身处高楼，也能感受一抹绿意。并且窗外高楼林立，路上车水马龙，浦江对面外滩群楼尽收眼底，可谓晴天看风景、雨天看意境，这种感受是独一无二的。直插云霄的上海中心既是上海第一高度，也是 40 年辉煌改革历程铸就的中国高度。

上海中心

金茂大厦

高塔摩天开世纪，
浦东自此更腾飞。
隔江相对外滩老，
奴殖遥看已式微。

金茂大厦，这座曾经的中国第一高楼，它不但与海派文化的文脉有关，更重要的是，与上海这座以经济为主的国际大都市的发展有关。有趣的是，这座位于黄浦江畔陆家嘴金融贸易区世纪大道南侧的金茂大厦，是世界摩天大楼中最具中国元素的一幢，其形状吸收了中国式佛塔的风格。大厦的设计者也说，"金茂大厦不宜简单地被划为现代派或者后现代派，它吸收了中国建筑风格的文脉。"

众所周知，上海地质松软，很多外国专家认为这里不适合建高楼，但通过国内专家的努力，创新性地完成了地基浇筑，使得高楼的完工成为可能。作为中国第一座真正意义上的超高层，它不仅承载了中国的光荣与梦想，在工程上也极具开拓性，为后来摩天大楼的建造提供了范式。

大厦地面以上共有88层，若加上尖塔的楼层则为93层。主楼是集现代化办公楼、五星级酒店、会展中心、娱乐、商场等设施于一体的大厦。其中位于大厦第88层的观光厅是上海一绝，是目前国内最大的观光厅，是登高饱览上海国际大都市全景的绝佳地点。那里有高速电梯，只需45秒就可以将游客迅速而平稳地送达目的地，环顾四周、极目远眺，上海新貌尽收眼底。这座竣工于20世纪90年代末的中国摩天大楼，虽早已告别了中国第一高楼的称号，却依然直插天际，阅尽风云。

环球金融中心

圆形顶部变梯形,
沪上最高成短亭。
江水汤汤留不住,
今人逐浪似闲庭。

环球金融中心与金茂大厦

位于浦东新区世纪大道100号1座的上海环球金融中心，是陆家嘴金融贸易区内的一栋摩天大楼。该中心的建筑主体是一个正方形柱体，由两个巨型拱形斜面逐渐向上缩窄于顶端交会而成。为减轻风阻，在原设计中建筑物的顶端设有一个巨型的环状圆形风洞开口，借鉴了中国庭园建筑的月门。考虑大楼新设计增高后对于高空风阻和空气动力学的影响，将大楼顶部风洞改为倒梯形，并确定为最终设计方案。

竣工于2008年的环球金融中心，以其492米的高度，超过了20世纪90年代完工的东方明珠和金茂大厦，是当时的第一摩天大楼。大厦由商场、办公楼及上海柏悦酒店构成。其中，94～100楼为观光、观景设施，是游客来访上海的必到之地。100层，是位于474米高空的观光天阁；97层，如同浮在空中的天桥；94层，则以城市全景为背景，提供可举行各种活动的交流空间。从0米上升到430米只要66秒，作为"魔都"地标建筑，可俯瞰上海璀璨夜景，仰观那一轮更好更圆的月亮。

有趣的是，自上海中心建成以后，金茂大厦、环球金融中心以及上海中心，被人们戏称为"厨房三件套"，环球金融中心也因为其月门的设计，被称为"开瓶器"，却也为高楼林立的陆家嘴增添了一丝乐趣。

世 纪 大 道

何来大道似园林？
且往浦东寻一寻。
沙漏无声计时运，
太平盛世正当今。

第八章　率先跨越

世纪大道

如果说南京路代表繁华的上海，淮海路代表典雅的上海，那么世纪大道就代表现代时尚的上海。世纪大道和浦东的崛起，是上海作为现代化国际大都市的最好象征。世纪大道规划设计时初名轴线大道，后曾命作中央大道，根据1994年浦东新区交通地名规划，因位于新区中部并通中央公园而得名。1998年为体现浦东开发形象，且该路辟建具有世纪性意义，改名世纪大道。2000年，两端延伸并建成通车。

　　如今的世纪大道西起东方明珠、陆家嘴环岛，东至浦东新区行政文化中心，全长5.5千米，地铁二号线从下面通过，是浦东新区最重要的景观道路和城市建设的标志之一，被誉为"东方的香榭丽舍大街"。世纪大道的景观设计出自法国夏氏-德方斯之手，既有法式浪漫，又不失东方含蓄。大道中心线向南偏移了10米，是世界上少有的不对称道路，而且，也是上海第一条绿化和人行道比车行道宽的城市景观大道。100米宽的大道，绿化和人行道占69米，车行道占31米，较好地将人、交通、建筑、园林景观相互融合，四位一体。北侧人行道建有8个中华植物园，主题突出，别具一格。大道沿途还设置了以时间为主题的雕塑和艺术作品，文化韵味深厚。世纪大道不但是绿化园林的长廊，也是雕塑和小品的艺术长廊，更是广场楼宇的长廊。入夜时分，华灯初上，以金茂大厦、环球金融中心为代表的摩天大楼拔地而起，在彩光灯的映射下，将东方大都市的繁华映衬得蔚为壮观。

东方艺术中心

　　真时尚，蝴蝶舞兰花。交响巅峰聆古典，自然高雅品精华。娱乐万千家。

第八章 率先跨越

浦东新区丁香路 425 号,坐落着一幢由五个半球体组成的巨大玻璃幕墙建筑。从高空俯瞰,映入眼帘的仿佛一朵硕大美丽的蝴蝶兰,含苞待放。从地面仰望,又使人联想成一朵白玉兰,缓慢而优雅地张开一片片花瓣。法国设计大师保罗·安德鲁却称这幢建筑为耸立在茵茵绿地中的"参天大树"。这就是说起上海艺术,不能不提的东方艺术中心。

东方艺术中心总建筑面积达 4 万平方米,正厅入口、东方演奏厅、东方音乐厅、展览厅和东方歌剧厅分别被设计成五个不完全对称的"花瓣"。内部布满各色椭圆形陶片,似音符也像声波,错落有致。在蝴蝶兰的"花芯",拥有近 2000 座的交响乐大厅布局自然和谐,宛如一个完整的椭圆形,观众席分布在舞台四周,好似坐在山野丘陵上聆听天籁之音。大厅墙壁上安装有许多个大小反声板,可将最自然、最优美的音乐均匀折射到音乐厅的每个角落。

东方艺术中心

交 通 银 行

立业创新担责任，
百年拼搏有交行。
金融如水能载物，
圆梦今番又起航。

  风雨如磐的清朝末期，交通银行经慈禧批准而成立。作为我国近代最早的大型银行之一，其规模和地位仅次于大清银行。新中国成立以后，由于业务合并，交通银行一度成为了历史的记忆。交通银行的春天，随着改革开放的步伐，又一次来临了。1984 年，邓小平视察南方时来到上海，根据他的建议，拟定了上海经济发展的战略。为了适应中国市场经济发展的需要，探索金融体制的改革，打破专业银行体制僵化和业务垄断的局面，振兴上海，金融先行，建立新银行成了最佳之选。中央对上海的战略安排，直接推动了交通银行在 1986 年的重建。

  2004 年，伴随着中国经济发展和金融改革的深入，交通银行再一次被推上了改革的潮头浪尖，承担起国有商业银行的使命。仅用一年时间就完成改革，并在香港联交所成功挂牌上市。交通银行真可谓我国金融改革的先行者，它是我国第一家全国性股份制商业银行，第一家引进国际战略投资者的大型综合性银行和第一家在境外公开上市的内地商业银行。如今的交通银行已在 16 个国家和地区设立了 21 家境外分（子）行及代表处，境外营业网点也多达 66 个。2018 年，交通银行已连续 10 年跻身《财富》世界 500 强，营业收入排名第 168 位。交通银行，虽然自诞生之日起就已百年，却又正直重生后的壮年；饱经世事沧桑，却又激情永在。它在改革开放中历经 40 年风雨，是中国金融企业改革的一个缩影。

第八章　率先跨越

交通银行上海分行

1990年代的上海证券交易所

诗画上海

上海证券交易所

巨轮初下水，
大海欲扬帆。
股市堪望远，
弄潮卓不凡。

证券交易对中国来说是"舶来品"，它最初起源于欧洲，清末西方人将其传入中国。中国最早出现的证券交易所就位于上海，外国人当时在此交易有价证券。又因上海是中国最大的工业基地和经济中心，解放前金融业在全国一直具有主导地位，证券交易非常活跃。新中国成立后，上海证券市场出现的最初原因是社会集资和金融体制改革的不断深化。

进入90年代，上海证券市场的柜台交易规模进一步扩大，运作也更加规范化。经中国人民银行批准，1990年1月26日在上海浦江饭店成立了改革开放后第一家证券交易所——上海证券交易所，简称上证所。同年12月19日正式开市，上午11时黄浦江畔那一声洪亮、庄重的开市锣响，开启了中国资本市场翻天覆地的变化。1997年，上证所迁至浦东陆家嘴金融中心区新竣工的上海证券大厦。

上证所建筑外形为巨门式对称体，由东西两塔楼与中央天桥构成，外墙是铝合金幕墙、玻璃幕墙与银白色铝合金包钢架的组合。酷似凯旋门式的建筑特色和富有时代感的造型，以及多功能、高智能的现代化设施，使这里很快成为陆家嘴中央商务区标志性建筑之一。自上证所成立，中国股市虽几经沉浮，但却从无到有、从小到大，逐步规范、成熟。

随着中国经济和金融开放步伐不断加快，中国资本市场正面临全面开放的前夜，上海证券交易所终将成为具有较高国际竞争力和全球影响力的世界一流交易所。

宝钢集团

东方屹立傲长江,改革风云第一桩。
放开心门应舍旧,追求真理可兴邦。
高炉动地赶潮水,大鸟冲天破铁窗。
换了人间今胜昔,敢为敢作世无双。

虽然没有铁矿,但是上海优越的地理位置和国际大港的地位,为生产资料的运输提供了巨大的便利。所以,中共中央在提出"调整、改

宝钢集团

革、整顿、提高"的八字方针后，于 1977 年成立宝钢工程指挥部及上海宝山钢铁总厂，次年举行动工典礼。

当时，中共中央制定了大规模利用外资、引进国外先进技术设备的发展策略。在建设大型现代化钢铁企业的规划中几经比较，最终选定了新日本制铁株式会社为合作单位，进行一期和二期建设。在打下基础后，宝钢集团自筹资金建设三期工程。

进入新世纪，宝钢联合重组上钢、梅钢，成立上海宝钢集团公司，后又重组多家钢铁公司，实施多元化战略，其规模不断扩张。2004 年，在美国《财富》杂志公布的世界 500 强排名中，宝钢名列第 372 位，成为中国竞争性行业和制造业中第一批进入世界 500 强的企业。宝钢用了 25 年时间，从一个国家重点投资的中国现代化样板企业发展为一个世界级企业。2010 年上海世博会召开之际，宝钢成为上海世博会的全球合作伙伴和钢材总供应商，这是宝钢强大的生产实力和优良的社会信誉的有力证明。2017 年 2 月，宝钢股份换股吸收合并武钢股份，命名为中国宝武钢铁集团有限公司，成为中国最大、最现代化的钢铁联合企业。

宝钢集团

第八章　率先跨越

中远海运

熊猫船长踏汪洋，万里风帆运八方。
一碧无穷生白浪，环球有幸品流觞。
鉴真屡渡为弘法，三宝七航只敬皇。
高屋建瓴能致远，今朝大势正汤汤。

浦东新区滨江大道5299号中远海运大厦，北接陆家嘴、南邻世博园，黄浦江围绕其边，南浦大桥像一把巨大的竖琴，为其弹奏着进行曲。2018年5月28日，这里成为中远海运集团正式启用的办公新址。大楼的外观融入了远洋航船的文化元素，内部配备了先进的智能化设施，具备了全球性企业总部的功能。一艘世界级的航运旗舰在这里扬帆起航，开启崭新的航程。

穿越历史的隧道，伴随共和国的成长，中远已走过57年不平凡的历程。解放初期，国内沿海运输能力贫乏，远洋运输能力几乎为零。20世纪50年代中期，运力不到世界运输能力的0.3%。1961年4月27日，随着光华轮赴印尼接侨的汽笛一声长鸣，中国远洋运输公司在新中国的哺育下诞生了。从此，中国的远洋运输事业从4艘船、2.26万载重吨起家。无论是百废待兴时的筚路蓝缕，还是列强环伺下的逆境崛起，几代中远人励精图治、艰苦创业，一批批船舶投入战线，一条条航道相继建立，一座座网点遍布全球，取得了无数的历史性突破，斩获多个世界第一。

2016年1月4日，经国务院批准，中国远洋运输（集团）总公司与中国海运（集团）总公司重组成立中国远洋海运集团有限公司。同年2月18日，在上海正式成立。如今的中远是闪耀世界航运舞台的东方巨轮，名副其实的全球最大国际航运企业。作为航运业的国家队骨干，中远继续肩负着"一带一路"建设、海洋强国和海运强国战略的责任和使命。

诗画上海

中远海运集装箱

第八章　率先跨越

芦　潮　港

涛声拍岸水连天，大海但闻芦苇边。

远处白鸥逐何物，往来港上打渔船。

芦潮港位于上海东南隅长江口与杭州湾的交汇处，毗邻东海，南与普陀山、嵊泗、大小洋山隔海相望，北与长江口相连。所有的远洋、近海船只都必须经过芦潮港才能进入长江。

这里水深浪静、气候宜人，有上万亩的桃园，集都市的繁华、田园的幽静、水乡的柔美与旖旎的沿海风光于一体，被誉为"西太平洋上的好望角"。

进入 21 世纪以来，国务院正式批准洋山深水港建设方案，泊位不断增多，各类配套设施不断完善，芦潮港作为深水港工程的陆域部分配套工程，与港区、东海大桥成为了三位一体的组合。这一跨省协作借地的创举，使芦潮港与洋山携手站到了同一起跑线上，建设国际航运中心，成为中国走向世界的门户。并且，随着洋山深水港和芦洋大桥的建设，芦潮港将逐步成为重要的货物周转港，其特殊地位日将显现。

芦潮港旧貌

上 海 港

沪上迎风卷波浪，
溯流而上到隋唐。
隋唐不识五洲远，
看我今朝环宇航。

南北弧形海岸线的中部，黄金水道长江入海之咽喉，上海港濒江临海、河川交织，长江三角洲及整个长江流域均为其腹地。这里经济发达，人口稠密，水陆交通便利，有着得天独厚的地理环境和海运条件。上海以港而兴，开埠前就已是重要对外港口，郑和下西洋的船队数次均从刘家港（今太仓浏河）启航。开埠之后港口贸易迅速发展，至 20 世纪 30 年代，已经成为远东航运中心，年货物吞吐量一度高达 1400 万吨，位居世界第七。

近代上海港的繁荣史，同时伴随着主权丧失与管理权旁落的屈辱史。后在战争影响下，港口日渐衰落。1949 年上海解放，港口主权回到了人民手中，上海港的历史翻开了新篇章。其空间布局基本延续依托自身地理条件和港口资源、以黄浦江为主的发展思路，港口主要分布于黄浦江两岸，经营有了较大发展，日趋繁荣兴旺，国际地位稳步上升。

改革开放以来，为了适应国际上船舶大型化的趋势，弥补黄浦江的水深条件，上海港又掀起了以建设集装箱码头和老港区改造、外移为重点的改建高潮。进入新世纪，随着位于长江口的外高桥港以及延伸进入东海的洋山港相继建成投用，上海港集装箱业务开始从江河时代迈入海洋时代，更于 2017 年成为全球首个年集装箱吞吐量突破 4000 万标准箱的港口。目前，上海港是世界上最大的集装箱码头，而且这个世界第一必将继续下去。

第八章 率先跨越

繁忙的上海港

现代化的洋山深水港

洋 山 港

壮志罗群岛，洋山气象新。
集装环宇货，踏浪远洋人。
汽笛鸣霄汉，天涯若比邻。
鲲鹏明方向，不再误迷津。

20世纪90年代，随着上海打造国际航运中心目标的确定，原来的上海港已不能适应新的需求，建立新的"东方大港"势在必行。1996年初，国务院提出了以上海为中心、江浙为两翼，建设上海国际航运中心的战略构想。在"跳出上海看上海，到外海建设深水港"思路的指导下，于大小洋山岛建深水港的设想成为时代发展的需要。

港区位于浙江嵊泗崎岖列岛以北，距上海市南汇芦潮港东南约30千米的大海里，由大小洋山等十几个岛屿组成，平均水深15米。大小洋山岛链所形成的天然屏障虽能提供良好的泊稳条件，是距上海最近的天然深水港址，但在这样远离大陆、情况复杂的岛礁建设深水港，风险之大可想而知。经过漫长而艰苦的前期论证，洋山港一、二、三期工程于2002年开工建设，攻克了一系列技术难关，最终在2008年12月分期建成投产。隶属上海自贸区的洋山港是沪浙合作的产物，行政权归属浙江，经营管理权归于上海。随着洋山港的建成与开港，宣告了上海没有深水港历史的终结。

从2010年度开始，上海港连续至今集装箱吞吐量排名世界第一，洋山港区作为上海港的核心组成部分居功至伟。2017年12月10日，随着全球最大自动化码头洋山港四期开港，上海港的各项记录再创新高。洋山岛港区虽孤悬海外，但碧海滔滔，但一桥飞架，东海大桥连接了海陆交通。世界最大的海岛型深水人工港，实至名归。

第八章　率先跨越

火　车　站

汽笛一声逾百年，
申城旧事若云烟。
沪宁线上思荣辱，
总有心潮生万千。

在上海城市的发展进程中，铁路扮演了重要的角色。铁路带来的区位优势，催生了铁路周边城区的形成、发展和繁荣。上海火车站是上海铁路最大的特等客运站，始建于1908年，一年后落成。但如果从中国第一条铁路——吴淞铁路算起，则可以追溯到1876年。然而，这条由英商怡和洋行集资组建的铁路，在开通后不久，就被清廷赎回了。1908

刚投入使用的上海火车站

年，沪宁铁路上海站为中国最早的铁路站房，当时规模居全国之最，是上海北站的前身，如今成为上海铁路客车技术整备站，并修建了上海铁路博物馆。为了满足客运需求，上海火车站于 1987 年竣工。

在 21 世纪初，上海站每年客流量已超 5000 万人次，但已经不能完全满足紧张的铁路客运需要。2006 年，现代化的上海火车南站建成，它与新客站南北呼应，构成市枢纽型、功能型的双主客站格局，堪称上海 21 世纪的又一新地标。2010 年，世博会刚开始两个月，上海虹桥火车站投入运营，成了送给世博会的交通礼物。中国火车站再一次拾级而上，它当之无愧地成为中国火车站中的第一。

从蹒跚起步到兴盛发展，上海铁路百年风雨是中国铁路历史的重要组成部分，见证了上海的繁荣与发展，也积淀了厚重的文化底蕴。火车站，在一个远行常常以铁路为首选方式的国度，不仅仅是交通的转换站，更是一个滋味百般的容器，记录了每一个人出门在外的故事。

今日上海火车站

第八章 率先跨越

高 速 路

登车非是为离别，
相送依依成不屑。
千里长途一日回，
只因高速和高铁。

2004年1月，国务院批准了我国第一个《中长期铁路网规划》。规划指出，我国将建设包括环渤海、长三角、珠三角三个城市群的城际客运系统在内的1.2万公里客运专线，规划目标时速达到200千米以上。随着我国东部高速铁路的迅猛发展，在长三角区域层面，上海作为核心城市拥有较高的可达性，处于铁路网络的中心位置。通过发达完善的高铁网络，区域内主要城市将与全国各个地区建立起更为快捷的客运通道。

根据国家新一轮《中长期铁路网规划》，在原来"四纵四横"高铁网络主骨架基础上进一步增补完善，形成"八纵八横"主通道为骨架，

上海高铁

区域连接线、城际铁路为补充的高速铁路网。"八纵"中的沿海、京沪、京港通道和"八横"中的陆桥、沿江、沪昆通道贯穿长三角地区。上海完成了从高铁网络长三角的核心节点向全国级节点的转变,进一步带动了周边城市乃至长三角地区的发展,加大了都市圈的辐射范围。未来一段时间,以上海为中心的长三角地区仍将是我国高铁建设的主战场。

1988年10月31日,我国大陆首条高速公路——沪嘉高速建成通车。沪嘉高速公路南起市区的祁连山路,北至嘉定南门,是一条全立交、全封闭、设施齐全的供汽车专用的试验高速公路。

1999年2月9日,市政局向时任副市长韩正汇报了《上海市高速公路规划方案》,第一次系统地提出了"153060"的高速公路网规划目标,表示在这个网络上,重要工业区、重要集镇、交通枢纽、主要客货集散地车辆15分钟可进入高速公路网,中心城与新城、中心城至省界30分钟互通,高速公路网上任意两点间60分钟内到达。由点成线、由线及网,上海高速公路飞速发展。如今,上海高速公路网中一共有7条国家级高速公路以及12条市级高速公路。高速公路的发展非常"高速",1978年,上海公路里程仅约1978千米,2018年达到了13321千米,高速公路里程更是由0千米增加到了829千米;到2020年,上海高速公路里程将突破900千米。30年的探索,凝结成了一部高速公路创新史。

上海高速公路

第八章 率先跨越

跨江大桥

高筑董家渡,
壮哉开放路。
流光分外明,
穿驶船无数。

  上海地处长江三角洲顶端,是著名的江南水乡。黄浦江是上海的地标河流,流经上海市区,将上海分成浦西和浦东。改革开放以来,在邓小平的关心下,上海决定开发浦东,实现孙中山在《建国方略》中就勾画过的建设东方大港、开发浦东的宏伟蓝图。要开发浦东,首先必须打通天堑黄浦江。1988年,南浦大桥开建,1991年12月1日建成通车。

南浦大桥

诗画上海

　　南浦大桥是上海市区第一座自行设计、建造的双塔双索面迭合梁斜拉桥，无论是坐车驶上南浦大桥，还是乘上它的观光电梯，都能远观眺望。大桥主塔的横梁上，镶嵌着"南浦大桥"四个红色大字，由邓小平亲笔题写，刚健挺拔、气象万千。桥西连接中山南路和陆家浜路，桥东连接浦东南路和杨高路，全长8346米，浦东、浦西两座主塔高150米。主桥是一跨过江的双塔双索面斜拉桥，长846米，采用钢梁与钢筋混凝土板相结合的叠合梁结构，中孔跨径423米。主桥桥身通航净高46米，5～6万吨级巨轮可以顺利通过。主桥宽30.55米，设6个车道，两侧设各宽2米的观光人行道。江面船舶如梭，桥上车如流水，两岸高楼林立，呈现出一幅绚丽繁华、生机盎然的图景。

　　作为横跨浦东浦西的第一条通道，南浦大桥打开了新的局面，随后出现了连接上海市中心区与浦东新区的杨浦大桥、徐浦大桥、卢浦大桥等多座黄浦江大桥。这些大桥早就与上海这座城市融为一体，共生共荣，见证这座城市的发展与变化。

杨浦大桥

第八章 率先跨越

徐浦大桥

卢浦大桥

商 用 飞 机

鲲鱼海上化鹏鸟，一跃冲天振翮威。
从此九州生羽翼，随时环宇沐光辉。
百年奴殖最难忘，今日潮流不可违。
试看长空千万里，新书神话待商飞。

20世纪70年代，中国开始自行研制大型民用客机运10，但由于种种原因运10项目于80年代下马，中国自主发展民机事业的道路被迫滞顿了30年。2008年，中国商飞公司在上海成立，发展至今已有万人规

C919 试飞

第八章 率先跨越

C919下线

模，大家齐心协力铸造国之重器。目前，ARJ21飞机已交付客户运行，C919正在紧密试飞取证，CR929已经开始全面研制，商飞人以龙马精神，鼓足干劲在三大型号上同时发力，确保不辜负全国人民的殷切期待。

我们的目标是成为和波音、空客比肩，乃至超越波音、空客的国际一流民机制造商，放眼未来，中国民机翱翔世界五大洲，殊可期待！

浦东机场

大场筑长滩，倏然二十年。
两厢接绿地，四道上蓝天。
客满欢无后，货丰通有前。
新程同举进，好梦正追圆。

上海浦东国际机场，简称浦东机场，位于上海市浦东新区，距上海市中心约 33 公里，为中国三大门户复合航空枢纽之一。1999 年 9 月 16 日，一期工程建成通航，2005 年 3 月 17 日第二跑道正式启用，2008 年 3 月 26 日第二航站楼及第三跑道正式通航启用，2015 年 3 月 28 日第四跑道正式启用。飞行区等级为 4F，共四条跑道，其中 3800 米二条、3400 米一条、4000 米一条，设有 256 个停机位，其中 184 个客机位。有两座航站楼和三个货运区，东西两座航站楼总面积 89 万平方米。

截至 2018 年底，已有 106 家航空公司在浦东机场经营定期航班客货运输业务，其中国内航空公司 37 家（含港澳台地区 9 家）、国外航空公司 69 家。已开通了国内外 272 个航点的定期航班，联通国内 138 个航点（含港澳台地区）、国外 48 个国家的 134 个航点。2018 年，起降飞机 504798 架次；旅客吞吐量 7400.63 万人次，境内机场排名第二位、全球机场第九位；货邮吞吐量 376.86 万吨，境内机场第一位、全球机场第三位。

第八章　率先跨越

刚通航的浦东机场

浦东机场夜景

虹桥机场

彩虹飞舞架金桥,凤骞龙翔竞比高。
空地通联多近便,东西南北任逍遥。

上海虹桥国际机场,简称虹桥机场,位于上海市西部,距市中心约13千米。上海虹桥国际机场始建于1921年,1963年国务院批准虹桥机场扩建为国际航线民用机场;1972年,由军民合用改为民航专用;2010年,启用2号航站楼及第二跑道;2018年10月,1号航站楼改造完成全面启用。飞行区等级为4E,有跑道两条,分别长3400米、3300米,共设有161个停机位。1号、2号航站楼总面积为49.44万平方米。

截至2018年底,共有25家航空公司开通上海虹桥国际机场的定期航班,其中国内航空公司21家,国外航空公司4家。联通国内外99个航点,其中国内通航点97个、国外2个国家的2个通航点。2018年,起降飞机266790架次,旅客吞吐量4363万人次,货邮吞吐量41万吨。

上海虹桥国际机场

东方航空

矫燕东出临瀚海,乘风渡雨任飞旋。
大巢坚筑双梁上,长翅劲摇霓彩间。
五岳磐石堪稳顺,四渎丰水供源泉。
明珠璀璨迎宾客,福满家园歌满天。

中国东方航空简称"东航",前身可追溯到1957年1月上海成立的第一支飞行中队。作为我国三大国有骨干航空运输集团之一,经过60余年的发展,东航打造全服务、低成本物流三大支柱产业,MRO、航食、创新科技平台、金融平台、产业投资平台五大协同产业,加快形成"3+5"的产业格局,持续推进产业结构布局优化和转型升级。

作为集团核心主业的中国东方航空股份有限公司,1997年成为首家在纽约、香港、上海三地上市的中国航企。公司运营着700余架客机组成的全球最年轻大型机队,包括中国规模最大、商业和技术模式领先的

东方航空公司机队

诗画上海

东航机组出勤

75 架互联网宽体机。作为天合联盟成员，东航的航线网络通达全球 175 个国家、1150 个目的地，每年为全球超过 1.2 亿旅客提供服务，旅客运输量位列全球前十。"东方万里行"常旅客，可享受联盟 19 家航空公司的会员权益及全球超过 760 间机场贵宾室。

东航于 2014 年 9 月 9 日正式发布新的标识，其核心元素"飞燕"，承载对旅客和顺吉祥的祝愿；燕首及双翅辉映朝霞的赤红，寓意"日出东方"，升腾着希望、卓越、激情；弧形的尾翼折射大海的邃蓝，寓意"海纳百川"，广博、包容和理性；英文名称 CE 两个字母的组合造型似跃动的音符，显示了推动品牌无国界的竞合意识，广受中外各界好评。

公司致力于以精致、精准、精细服务为全球旅客创造精彩旅行体验，近年来荣获中国民航飞行安全最高奖——"飞行安全钻石奖"，连续 7 年获评全球品牌传播集团 WPP"最具价值中国品牌"前 50 强，连续 3 年入选品牌评级机构 Brand Finance"全球品牌价值 500 强"，在运营品质、服务体验、社会责任等领域屡获国际国内殊荣。

第八章 率先跨越

上 海 航 空

正是春归和暖日，
壮芽欣喜缀长枝。
而今漫展丛林密，
累累高悬大果实。

上海航空简称上航，其前身为上海航空公司，成立于 1985 年 12 月。2010 年 1 月 28 日，东航换股吸收合并上航的联合重组顺利完成，同年 11 月 1 日上航随同母公司东方航空一同加入天合联盟。

截至 2018 年底，上航机队规模达 105 架，形成了以上海为中心、直飞全球 60 多个城市、88 条航线的网络结构，开辟了墨尔本、莫斯科、新加坡等中远程国际航线，通过东航及天合联盟网络连接 175 个国家、1150 个目的地。

上海航空公司飞机起飞

春 秋 航 空

嫩绿喷涂寄盎然，
情真三画尽欢颜。
交连航旅开新业，
物美价廉赢满盘。

春秋航空股份有限公司，简称春秋航空，2005年7月18日首航，是首个中国民营资本独资经营的低成本航空公司，也是首家由旅行社起家的航空公司。总部设在上海，主运营基地为上海虹桥国际机场。公司标识为取安全、真诚、微笑的英文的首字母，以三个S连接的绿色造型。

截至2018年底，春秋航空机队共有飞机87架，国内和港澳台航线联通78个城市，国际航线联通6个国家的23个城市，当年旅客运输量1952万人次。公司以精细化管理著称，经营成本在国内航空公司中明显偏低，航班客座率和盈利水平居于前列。自成立以来保证了安全飞行，2018年5月获得"中国优秀空乘团队"排行榜的第三名。

春秋航空公司飞机

第八章 率先跨越

吉 祥 航 空

金帆一化吉祥鸟,
荡罢江波出海潮。
好借东风强劲力,
鹏程万里唱云霄。

上海吉祥航空股份有限公司,简称吉祥航空,于 2006 年 9 月 25 日首航,是国内著名民营企业均瑶集团创办的民营航空公司。吉祥航空于 2015 年 5 月在上海证券交易所 A 股上市。

吉祥航空

诗画上海

地　铁

一号线能到莘庄，当初我就买新房。
只因地铁全城活，佳话未来犹未央。

如果在上海迷路了，找到一处地铁口，经过几站换乘，你总能回到来时的路。上海地铁，又称轨道交通，是中国内地继京、津之后投入运营的第三个城市轨道交通系统。其实早在1958年，上海就准备建设地铁，然而当时的苏联专家认为上海地下土层含水量较多，不适宜建设。其后又经历了多次尝试，均以失败告终。直至1995年，与德国合作修

上海地铁1号线

第八章　率先跨越

建的地铁 1 号线正式通车，上海地铁进入了迅速发展时期。上海已经成为目前中国线路最长的城市轨道交通系统。

现在的上海地铁，17 条轨交线路，673 公里总里程，每天 1000 万人次客流量，几乎能够延伸至所有远郊城区，路网规模甚至达到世界第一，而未来上海地底的这座迷宫依然在加速延伸拓展。纵横交错的线路构成了城市的"第二空间"，乘客步入地铁站，仿佛到了一座地下宫殿，上海的地铁文化也是独具特色的。

2006 年 4 月，首条磁悬浮列车开通运营，这是世界上第一条商业运营的示范线，具有交通、观光等功能。

上海磁悬浮列车

越江隧道

申城新建筑,大道却无踪。
头顶淙淙水,越江钻地龙。

　　自上海开埠以来直至抗战胜利,不断有建设越江工程以平衡浦江两岸发展的呼声,然而由于各种历史原因终未能实现。新中国成立后,结合苏联城市规划的理论和方法,经过长达6年的艰苦建设,克服了种种自然和人为历史条件的困难与阻力,终于在1971年正式建成黄浦江上第一个越江隧道——打浦路隧道。1980年10月,该隧道正式开通公共汽车,人们轻松过江的梦想终获实现。

　　2003年,国内第一条双管双层越江隧道——复兴东路越江隧道全线贯成通车,这种特殊设计能有效解决隧道交通中常见的车流拥堵问题,并最大程度地利用隧道空间。如今,浦江两岸的越江工程日趋完善,已建成运行的、在建的以及工程可行性报告已获批复的黄浦江底越江车行隧道近20条。它们不动声色地见证着这座城市的繁荣,成为了经济发展、老百姓生活中不可或缺的重要部分。

1988年延安东路隧道通车

第九章　开明睿智

一座城市的记录和守护,白玉兰绽放活力与朝气。怀揣梦想的人才汇聚,思维激荡,发展愈有底气。这造就了摩登都市的耀眼光芒。

人民广场

诗画上海

人民广场

跑马厅成新广场，人民欢喜意明彰。
直通四海真枢纽，遥望九州胜庙堂。
绿草葳蕤营绿肺，华灯灿烂写华章。
星移斗转多标志，改革向前犹未央。

对于上海人来说，人民广场是城市的心脏，是他们感受上海这个城市生活脉搏跳动的所在；对于中外游客来说，人民广场则是上海的代表，是上海的象征之一，是了解、把握上海最权威、最全面的窗口。位于上海市中心的人民广场是上海最大的公共广场，总面积约 14 万平方米。新中国成立前，它与人民公园曾是一个赛马赌博的场所，号称远东第一的上海跑马厅。

在中轴线上，自北向南依次有市政府大厦、中心广场、上海博物馆。大厦面对广场，背毗人民公园。其西矗立着现代化的上海大剧院，其东建有如水晶宫般的上海城市规划展示馆。中心广场是外方内圆的下沉式旱泉广场，设有发光玻璃台阶、地下喷泉和彩色花岗石镶嵌地坪，其中心地面用彩色花岗石拼制成上海市版图轮廓。还有 4 座造型秀丽，纹样典雅，融灯柱、声柱和花篮为一体的装饰性紫铜花钵，44 座石灯笼鼓凳。广场四周有 36 座装有音响的广场灯。四面台阶设有 6 幅以上海历史文化为题材的花岗石浮雕——"申""沪""纺织始祖黄道婆""科技先辈徐光启""和平""友谊"。东西向的人民大道宽 91 米，从市政大厦前横贯而过。

两旁有宽阔的绿化地带，成群鸽儿与游人欢悦嬉戏，使它与 12 万平方米的人民公园连为一体，成为上海市中心的两页"绿肺"，大大改善了市中心的环境，每年春天市花白玉兰在此率先绽放。

第九章　开明睿智

康　平　路

大道相通至，东西南北方。
名称含凤愿，长度喻吉祥。
凤舞龙腾起，梧招凤落常。
有经云雨过，丽日照花香。

　　上海有64条"永不拓宽"的道路，康平路就是其中之一。近徐家汇，邻衡山路，地处位置优越的中心城区。无论大都市如何日新月异，这里仍是数十年前的格局，依旧保持着本真的原貌。浓绿覆盖，静谧幽深，宠荣不惊的情调中深藏着不少历史悠久的老房子。它们中既有类似官邸的宅院和平民住房，也有欧美风格的花园洋房和成片的西式里弄住宅。很多建筑的主体部分都被围墙与外界分隔。1949年之后，康平路因中国共产党上海市委员会办公厅位于此地而闻名。这条街道旁许多关系着国计民生的决策酝酿成熟，直接影响着这个城市的生活与幸福。一代又一代的共产党人在这里践行着为人民服务的宗旨，为人民的利益和幸福而努力工作。

康平路

人民大厦

大厦广场北,
何时忆外滩。
泠泠陈市长,
默默在遥看。

  人民广场中,那座庄严、大方、朴素而明快的大楼,便是上海人民大厦。在上海人的心目中,它是民主和公正的象征,且颇具现代开放气质。五星红旗在大厦前高高飘扬,大门悬挂着中共上海市委、上海市人大常委会、上海市人民政府的牌子。大厦在1995年启用后,或称市政大厦,或者就称200号,后定名为"人民大厦",既象征着"人民的权利高于一切",又有每位公职人员都是"人民公仆"的寓意。正门南边,大道一侧的音乐喷泉是广场中心,游人如织。整个人民广场与人民大厦组合和谐,营造出一派亲民的气氛。中国人民政治协商会议上海市委员会的办公地在北京西路。

人民大厦

上海博物馆

百川东入海，文物八方来。
试借青铜器，聊倾白玉杯。
家居皆实木，陶制尽良材。
半壁江山在，游人去复回。

上海博物馆是中国古代艺术博物馆中当之无愧的佼佼者，创建于1951年，初址南京西路跑马厅大厦。新馆于1996年开放，如今位于人民广场中轴线上，是上海的特色地标建筑。

其方体基座与圆形出挑相结合的造型，寓古代传统宇宙观"天圆地方"之意，整个建筑把传统文化和时代精神巧妙地融为一体。从远处眺望，圆形屋顶加拱门的上部弧线，整座建筑宛如一尊古代青铜器，展示一种天地均衡之美，展现上下五千年时空循环升华之力。

上博设施先进，布局合理，工艺流程科学，具备陈列展览、科学研究、文物保护三大功能。现设有11个专馆、3个展览厅，有青铜器、陶器、瓷器、书法、绘画、玉石器、牙骨角器、竹木漆器、甲骨、玺印、钱币、丝绣织染、杂类等21个门类，其中以青铜器、陶器、瓷器、书法、绘画为特色。馆藏珍贵文物万件，既丰且精，有文物界"半壁江山"之誉。展览厅也不定期引进展出海内外珍贵文物和各类艺术品。西周孝王时期铸造的大克鼎是上博的镇馆之宝，它是清光绪年间出土于陕西扶风县法门寺任村窖藏。大克鼎、南宋朱克柔缂丝莲塘乳鸭图以及商鞅方升，入选了中央电视台《国家宝藏》第一季的展品，引发关注热潮。

上博藏品之丰富、质量之精湛，在国内外享有盛誉。上海博物馆近些年来不断取得科研新成果，逐渐成为海内外艺术文物展览、交流和研究中心。

诗画上海

上海博物馆

上海历史博物馆（原跑马总会大楼）

上海历史博物馆

地球远古若莽荒，
上海滩涂日渐长。
历史大观看缩影，
百川海纳此登堂。

  上海曾经有一处历史文物陈列馆，通过珍贵的文物、文献、档案、图片，以先进的影视和音响设备，介绍了上海近一百年来的发展史。由于展馆租借期满，因此1991年3月，该馆在虹桥路宋庆龄陵园租借了一幢厂房，根据博物馆的要求改建，并改名为上海市历史博物馆。那里展出了近现代上海历史的缩影，令人不禁感慨"那样的沧桑在纷繁嘈杂的人生中是如此不可沉寂，总是在而今上海的歌舞升平中跳跃出来，使人们不断地去回忆。"

  如今博物馆已迁往南京西路上海跑马总会旧址，成为一座系统呈现上海6000年厚重历史的博物馆。展览从"序厅""古代上海""近代上海"和"难忘的瞬间"四大部分构建展陈体系，共陈列展示文物约1100余件套，全面反映了上海的政治、经济、文化与社会的历史变化。其中有明韩希孟顾绣花卉虫鱼册、明侯峒曾行书轴、清陈化成抗英遗物"振远将军"铜炮、清江南机器制造局铸"阿姆斯特丹"铁炮，和英商汇丰银行铜狮、百年老店鸿运楼金字招牌等珍品。该馆为上海史的研究提供了重要资料，留存着城市发展中大量重要的文化信息，具有很高的历史文化价值，承载着几代上海人的记忆。

诗画上海

上海科技馆

科学竞当先,
一心穷自然。
少年多智慧,
他日驭飞船。

从历史上的先行者,到今天的弄潮儿,科技类博物馆始终是中国博物馆事业的重要组成部分。上海科技馆和上海天文馆的兴建,是上海市经济、社会和文化不断发展的结果。1995 年,上海市人代会政府工作报告中正式提出了建设上海科技馆,如今它位于浦东新区世纪大道东端、

上海科技馆全景

市政中心广场南侧。这是一座酷似从天而降飞碟的新型建筑,主体采用弧形平面、自地面升起的螺旋上升体,上面覆盖一片浅银灰色金属铝板的巨型翼状层面,由西向东缓缓升起。它"表里合一",象征了人类自工业革命以来,科学技术对推动人类社会加速发展的作用愈益彰显,并且还有很多未知的科学大门等着我们去打开。

科技馆以科学传播为宗旨,以科普展示为载体,围绕"自然·人·科技"的大主题,设置了 11 个常设展厅。蜘蛛和动物世界两个特别展览,中国古代科技和中外科学探索者两个浮雕长廊,中国科学院和中国工程院院士信息墙,加上由巨幕、球幕、四维、太空四大特种影院组成的科学影城,引发观众探索自然与科技奥秘的兴趣。大到宇宙苍穹,小到细胞基因等科学基本原理和重大科技成果,都能在这里得到生动形象的展示,让人们在休闲娱乐中得到无尽启迪。

文 汇 报

艰难困苦诞孤岛,
羁绊重重行亦难。
天下闻名报天下,
今人相与认真看。

《文汇报》是中共上海市委领导下的综合性日报。至 2018 年,已创刊 80 周年,是中国新闻史上创刊悠久又仍具活力的一份高端刊物,见证着历史的进程。其在 1938 年 1 月 25 日于上海问世,创办时正逢上海、南京沦陷。"孤岛"时期的《文汇报》成为当时著名的"洋旗报",由五位英方人员克明、小克明、劳合·乔治、洛特和萨埃门担任董事,实际

诗画上海

负责经营工作的是严宝礼与胡惠生,由此得以在抗日烽火中以洋商招牌为掩护宣传抗日。次年 5 月 18 日被敌伪勒令停刊。解放战争时期,由于支持工人和学生的爱国运动两次被国民党政府强制关停。在 1947 年第二次被勒令停刊后,部分人员于 1948 年赴香港参加香港《文汇报》的创刊工作。1949 年 5 月上海解放后,该报于 6 月 21 日在上海复刊。

经历了反复停刊与复刊的曲折发展,《文汇报》终于迎来了改革开放时期的历史新阶段,与《新民晚报》组成了文汇新民联合报业集团。《文汇报》从福州路走到圆明园路 149 号、虎丘路 50 号,再到威海路 755 号,地址的迁徙伴随着时代的深刻变革。如今的《文汇报》,仍以知识分子为主要的阅读对象,侧重报道人文、教育、科技、文艺、运动、民生等方面的新闻,拥有"文汇学人""文汇讲堂""文艺百家""读书周报""科技文摘"等一批品牌专栏和专副刊,体现了丰厚的历史人文积淀。

《文汇报》大楼(已拆除)

解放日报

伟人挥笔在延安，
垂范新闻亲创刊。
待到浦江来解放，
神州一统复登坛。

延安中路816号有一处中西合璧的优秀历史保护建筑，那里曾经是岩石沙船大王宅院，为中共上海市委机关报《解放日报》现址。而原申报馆所在的汉口路309号优秀历史保护建筑，是《解放日报》创刊处。1949年上海解放，中共中央决定，将在上海出版的中共中央华东局兼中共上海市委的机关报命名为《解放日报》。报刊于1949年5月28日创刊，它的前身是1941年5月16日在延安创刊的抗日战争时期和解放战争初期中共中央机关报。报头沿用毛泽东题写的延安《解放日报》报头，并利用原《申报》的馆舍和印刷设备出版。就这样，申报馆有了新的名字、新的使命。南下的范长江同志成为《解放日报》的第一任社长。1963年华东局恢复，该报又兼为华东局机关报。

几十年的历史风云变幻，时代和技术不断改变，就连报址也随着时空几经变换。但是不变的，是这份报纸对上海这座城市的记录和守护。

解放日报大厦

诗画上海

复旦大学

旦复旦兮明日月,
猗猗绿竹盛江湾。
笃志求真为强国,
由来博学非一般。

"卿云烂兮,纠缦缦兮;日月光华,旦复旦兮。"这出自《尚书大传·虞夏传》中的句子,就是复旦大学名字的来源,也寄托了当时中国人自主办学、教育强国的理想与希望。复旦大学的前身,是创建于1905年的复旦公学,马相伯为当时第一任校长,1917年,定名为复旦大学。

复旦大学

复旦大学校园风光

经历了创办时的筚路蓝缕,学校从私立变为公立,规模进一步扩大。抗战后,上海市军管会接管复旦,学校又迎来了两次腾飞。20世纪80年代中期,学校成立了研究生院,并且取得了跨越式的发展。2000年,复旦大学与上海医科大学合并,成为一所国内顶尖的综合性研究大学。

而今的复旦,本部坐落于上海市杨浦区邯郸路220号,学校的四个校区,形成了以邯郸校区、江湾新校区为主体,以枫林校区、张江校区为两翼的新格局。校园中的建筑风格也不尽相同,现代风格的光华楼是复旦最高的建筑,在五角场周边都能看到它的身影;2018年修葺一新的相辉堂又一次展现在复旦学子的面前,它是复旦学子的精神家园……这些都已经深入到每一个复旦人的生活中,也刻进了历史的记忆里。

同济大学

当时世道乱纷纷,
八国联军应有闻。
救死扶伤传正道,
如今名校著雄文。

  1907年,一位在上海的德国医生埃里希·宝隆,创办了一所德文医学堂。而德语"Deutsch(德意志)"在上海话中的谐音为"同济",这便是如今的同济大学的前身。1908年,这所医学堂入乡随俗,改名为同济德文医学堂,寓意了德国人和中国人的同舟共济。随后,学校又经历了与工学堂的合并、华人接办、随战屡迁,最终迁回上海。1952年院

同济大学

系调整后，同济大学成为国内土木建筑领域最大、专业最全的工科大学。

同济大学在经历了新时代的发展以后，秉承着"同心同德同舟楫，济人济事济天下"的理念，努力建设成了一所现代化的综合性大学。而今提到同济，还不得不让人想起同济所带给我们的建筑成果。2018年正式迎来通车的港珠澳大桥，被誉为"工程界的珠峰"。而这座大桥的人工岛和隧道，就是同济大学攻克的技术节点。世界上的很多地方，都留下了"同济元素"，更不必提同济大学所在的上海了：上海交响乐团音乐厅、中国上海世博会主题馆、上海自然博物馆、上海东方体育中心跳水池、上海市轨道交通10号线同济大学站、上海外滩半岛酒店、新天地广场。在商业、交通、体育、文化各个领域，都能看到同济的踪影，可以说，同济是上海高校中一颗璀璨的明珠。

上 海 交 大

南洋公学显端倪，
交通天地更可期。
朱门碧瓦真名校，
思源湖畔草葳蕤。

1896年，晚清高官盛宣怀直接上奏光绪帝，获准在上海创办南洋公学。南洋公学成为交通大学最早的校名，聚集众多名人办学。如今走过华山路上的交通大学，引人注目的那古典式的大门：朱红墙体，碧色琉璃瓦，蛟龙盘踞的屋脊。古香古色的校门将喧嚣严严实实地关在门外。

诗画上海

上海交通大学校门

交大校园风光

第九章　开明睿智

到了校园内,虽可见一幢幢现代化的新型校舍,但老房子还真不少,从清末到解放前的建筑,已成为交大连续的文脉和悠久历史的见证。环绕中央大草坪北面的中院,是学校最古老的建筑,即目前唯一一幢建成于19世纪的教学楼,也是上海交大百年校园的历史原点。与中院比邻的是建于1900年的老上院,1953年拆除后在原址上建造新上院。新老上院在交大校园内经历100多年风雨沧桑,留下许多动人的故事。建于1910年的新中院带有明显的外廊式建筑风格,楼高二层,但没有完全遵循西方外廊式建筑的做法,而是结合中国传统建筑木构梁柱体系,使之更适合实际要求。在绿树掩映下的交大老图书馆,以其精致典雅的风格独显魅力,自1919年建成以来,已迎来千万的学子走进这知识的殿堂。还有馨香的"执信西斋"、波澜壮阔的体育馆、交大早年的女生香闺,以及铁木工厂、工程馆,学校的中枢"容闳堂"、新文治堂……百年交大,这些老建筑犹如一颗颗珍珠,经历了时间的变迁,依旧温柔地矗立于整个建筑群中,散发着夺目的光辉。

大同中学

敬仰先贤求大同,
黎明纵马敢追风。
敦行笃学报家国,
立己达人新一功。

百年风雨,历经沧海桑田;百年耕耘,孕育桃李满园。黄浦区南车站路353号,人称"老城厢中的绿洲"。这里地处世博园区,一所历史悠久、有着优良办学传统的百年名校坐落于此,它就是在上海基础教育史上熠熠生辉的大同中学。上溯百年，学校始创于 1912 年 3 月，初名大同学院。由胡敦复先生及立达学社同仁抱着"教育救国""科学救国"的理想于 1912 年创办，从诞生之日起就有着光荣的爱国传统。后为大同大学附中，其名几经变更，历经战火洗礼、家国新生，解放后易为今名。许多大同学子受熏于此，学为人之道，长真才实学，立报国之志。矢志不渝，代有建树，涌现了如钱其琛、钱正英、曾培炎、于光远、徐光宪、华君武、傅雷、袁鸣、陶璐娜等一大批兴业英才、治国栋梁和知名人士。一代又一代大同人在传承中创新，在创新中前行，锐意改革，探索进取。1987 年秋，在上海乃至全国率先开展高中课程整体改革试验，更是书写了基础教育史上令人难忘的篇章。

大同中学

第十章　兼容并包

海纳百川，各色文化碰撞角逐。兼收并蓄传统与现代、东方和西方。在这十字交汇点上，海派文化应运而生。

诗画上海

上海图书馆

多知淮海路，
人少识高安。
无尽图书美，
巷深桐叶残。

　　坐落于徐汇区淮海中路 1555 号的上海市图书馆历史悠久，1952 年 7 月 22 日，上海图书馆在南京西路的原上海跑马厅大楼建成开馆。1958 年经历四馆（上海历史文献图书馆、上海市科学技术图书馆、上海市报刊图书馆和上海图书馆）合并，到 1995 年上海图书馆与上海科学技术情报研究所的"图情合一"，1997 年迁入淮海中路新馆，再到如今上图

1990 年代的上海图书馆

第十章 兼容并包

东馆开工建设，上海图书馆已经成为了上海综合性信息枢纽之一，是上海市民求知的圣地、学术的殿堂。

上海图书馆还是上海的十大标志性文化建筑之一，新馆建筑体现了近代上海建筑的特点。主楼由塔型高层和裙房组成，体现了人类对于知识的不断渴求，给人以宏伟、典雅的感受。其建筑设计荣获当年国家建筑设计一等奖，施工荣获了上海市白玉兰奖、国家级鲁班奖。如今，上海图书馆每日读者能达到一万人次，在国内的公共图书馆中处于领先地位。它就像是一所没有围墙的大学，无论老人、儿童还是青年，都可以在书籍的海洋中畅游。

商务印书馆旧址

商务印书馆

词源声名遐，出版第一家。
天演国富论，西学开奇葩。
杂志亦纷呈，自然多枝桠。
痛遭倭寇火，依然出新华。

商务印书馆是中国国家级出版机构、中国第一家现代出版机构，也是目前中国最具实力和影响力的文化出版机构之一。清光绪二十三年（公元1897年），原美北长老会美华书馆工人夏瑞芳等四人得到美籍牧师费启鸿的帮助，创办于上海。当时购置数台印刷机，因印刷工场主要承印商业用簿册、报表等，故得名商务印书馆。初址设在江西路北京路首德昌里末街3号，1912年商务印书馆总发行所在河南路开业。20世纪20年代，新文学的中心从北京转移到上海，商务印书馆作为民营出版企业起到了巨大的作用。抗日战争爆发后，上海总馆毁于日军炮火，遂西迁至重庆。抗战胜利后迁北京，在中国香港、新加坡等地设有分馆。

2002年，印书馆加入中国出版集团。2011年，改制为商务印书馆有限公司。在我国近百余年的思想文化和学术史上，商务印书馆得以成为中西思想文化的交汇点。1902年，张元济加入商务印书馆并参与经营管理，由此大批文人学者纷至沓来，蔡元培、孟森、蒋维乔、叶圣陶、王云五、郑振铎等纷纷加盟商务印书馆，或从事编辑工作，或从事管理工作，使得商务迅即在西学名著的译介、教科书的编纂、杂志的创办、文献的整理出版等诸多方面取得了举世瞩目的成就。如今的商务印书馆，总编室设在北京，但是它的根仍在上海，虹口区四川北路上还能寻觅到当年商务印书馆的旧址。

第十章　兼容并包

中 华 书 局

四海闻名传古籍，
当初首重教科书。
汗牛百载耕耘苦，
游刃文田自有余。

1912年1月1日，在上海，陆费逵等人广聚当时中国的思想文化精英创办了中华书局，为推动中国近代文化发展起了重要作用。书局次年改组为中华书局股份有限公司，成立董事局，公司下设编辑、事务、营业、印刷四所，设备属远东第一流。书局奉行"开启民智"的宗旨，成立后很快成为仅次于商务印书馆的全国第二大书局。1916年，在棋盘街（今福州路河南路转角）自建五层楼新店，大楼为新式洋房，呈长方形，

中华书局旧址

正门在福州路河南路转角，面向东北，两面有边门。大楼的各层外观与商务印书馆相似，营业大厅不如其宽敞，主要柜台也偏于北面，二层阳台为水泥栏杆，瓶形图案，二、三层以方柱贯通，苗木拱形，仿巴洛克装饰。其中，印刷总厂位于静安寺路（今南京西路）上。1932年日本侵华，书局被查封。1949年后，中华书局成为以整理出版古籍为主的专业出版社，反映了中国古籍研究整理工作的水平。

1954年5月中华书局迁址北京，实行公私合营，并改为以整理古籍为主的专业出版社，在整理出版古籍和学术著作方面享誉海内外。进入21世纪以来，中华书局遵循"守正出新"的出版理念，出版了一批学术著作和著名学术大师文集，向全社会提供了大量以中国传统文化为核心内容的优质文化产品，在弘扬和普及中华优秀传统文化方面做出了新的贡献。

鲁 迅 故 居

夕拾朝花性可知，
每逢邪恶怒横眉。
柔情深处真侠骨，
独对灯阴午夜时。

上海，尤其是虹口，与鲁迅先生的渊源深厚。1927年10月，鲁迅辞去中山大学职务来沪，在那动荡不安的年代里，在上海定居，把自己生命中最后的10年留在了这里。鲁迅先后居住在横浜路景云里23号和四川北路194号原拉摩斯公寓（今北川公寓）3楼4室。1932年1月，淞沪战争爆发，鲁迅避入内山书店。后在内山完造帮助下，于1933年4月移居施高塔路（今山阴路）132弄大陆新村9号，这里现已改建为鲁迅故居。故居为三层砖木结构新式里弄住宅,均按鲁迅生前居住时情形复原。1936年10月19日5时25分鲁迅因肺结核去世,至今卧室的日历和钟表都定格在这一时间。鲁迅去世后,上海各界一万多人为其送葬,民众在其灵柩覆盖"民族魂"的白旗。鲁迅先葬于万国公墓,后于1956年逝世20周年之际,墓地被迁往故居附近的虹口公园,鲁迅生前曾常去此处散步,这里从此改称鲁迅公园。

现鲁迅墓位于公园西北隅,四周松柏环抱,环境幽静肃穆。花岗石墓台上矗立着壁式墓碑,镌刻着毛泽东手书"鲁迅先生之墓",墓前草坪中央竖立有鲁迅铜制坐像。鲁迅墓东侧有鲁迅纪念馆,1951年落成,这是新中国第一个人物纪念馆,原位于故居旁,1956年迁入公园。扩建后的新馆,于1999年9月25日鲁迅诞辰118周年正式开放。馆舍造型为两层庭院式的江南民居风格,青瓦白墙、马头式山墙,简洁朴实、庄重典雅,大门白墙上有周恩来题写的馆名。这里陈列和展览的文物,系统而生动地再现着鲁迅伟大的一生及其丰富而深刻的精神世界。睹物思人忆情,"石在,火种是不会绝的!"

鲁迅公园

巴金故居

武康路上可朝圣，
巨著皇皇最是家。
浩劫余生随想录，
存心悠远自无华。

近代上海是一座五方杂处、华洋混居、充满变革与机遇的城市，它所处的江南一带素以教育繁盛著称，但连年内战使得教育设施大量被毁，并产生了一批迫切需要工作和角色认同的知识分子。上海的都市活力深深地吸引了这些文人。巴金从日本回国后，曾在名人聚集的淮海路霞飞坊59号居住过18年，1955年巴金夫妇与女儿一家人入住武康路113号，一幢建于1923年的欧洲独立式花园风格住宅中，此即是而今所存的巴金故居。这栋花园住宅原属于英国人，巴金作为对国家有特殊贡献的文艺工作者入住此楼。入住以后，巴金一直自己支付这里高昂的房租，不要国家的任何补助与津贴。

建筑正面朝南，立面为细卵石贴面，装饰简洁，上为跌檐式山墙，开拱券式木窗，建筑立面简洁，简单的外墙上架"人"字形大屋顶，檐下木梁外露，以褐色细卵石粉刷作外墙。两层高的坡顶建筑被绿树环绕，南向有一块静谧的花园绿地，是巴金沉思散步的好去处。巴金一生读书、爱书、写书，客厅内有书，过道走廊也有书，甚至卧室里仍堆放着书，整个寓所是书的海洋。花园里还有两棵高高的广玉兰树，海内外的作家常常用这两棵高大的玉兰树来比喻他的人格和创作。这幢寓所里有他的希望、幸福，也有他的忧愁、痛苦、愤怒和呐喊，他就是在这里完成了晚年力作《随想录》。

第十章 兼容并包

巴金故居雪景

张爱玲故居（今常德公寓）

张爱玲故居

文字昭彰堪动地，
倾城之恋更留名。
孤芳难遇知音者，
千古寂寥嗟众生。

有"十里洋场""东方巴黎"之称的上海，始终是中国社会现代化进程中的窗口，它的变迁和命运与中国文学息息相关。上海以它多面的魅力，深深地吸引着作家们，张爱玲便是其中最闪耀的珍珠之一。张爱玲是我国早期海派文学的典型代表人物之一，她出生在上海，与上海有着不解之缘，在她的人物描写中，也加入了很多海派元素，完整保留并体现了上海人的风貌和特点。

上海麦根路，林立的石库门，还有上海20世纪充斥的摩登都市的气息，成为了张爱玲一生都解不开的情缘。南京西路与愚园路中间，有一栋七层欧式建筑风格的小楼，外墙的粉色已被岁月风化得颇具文艺韵味，很有老上海风情的年代感，早期叫爱丁顿公寓或爱林登公寓，现在易名常德公寓，据说由意大利籍房地产商投资兴建。公寓以中间入口为轴线，两侧对称。入口处设计有厚重的横条状雨棚，两侧明显的横线条，使得建筑立体效果十分突出，有明显的近现代主义风格。张爱玲于1936年以后与姑姑同住在这里，如今已是私人住宅，难以一窥其貌。

第十章 兼容并包

梅兰芳故居

京剧创新派，梨园自有芳。
蓄胡明气节，罢演傲东洋。
博士授花旦，虞姬胜霸王。
梅华旧书屋，自此永留香。

中国近代著名的京剧表演艺术家梅兰芳，1931 年曾到上海演戏，上演的《穆柯寨》等剧颇受欢迎，回京后，他深受上海京剧改良派的影响，于是就排演时装新戏《孽海波澜》《宦海潮》等，以及古装新戏《嫦娥奔月》《千金一笑》等，不拘陈规旧矩，不断推陈出新。"九一八"事变爆发，冬，他毅然离开从艺 20 多年的北京城，举家南迁上海，先

梅兰芳故居

暂住沧州饭店，后迁马斯南路 121 号（今思南路 87 号），自 1932 年起，他在上海前后共居住了将近 20 年。这是一栋坐北朝南四层的西班牙式花园洋房，楼前花木茂盛，间有绿莹莹的草地，环境优雅宜人。梅兰芳将自己的客厅兼书房取名为"梅华书屋"，斋额为清代金冬心的隶书，刚劲有力。门口曾经挂着一个写着"著名表演艺术家梅兰芳抗战期间曾在此居住"的铜牌。在沪期间，梅兰芳曾经排演过《抗金兵》《生死恨》等剧目，宣扬爱国主义精神。抗战爆发后，著名的"蓄须明志"就是在沪居住期间发生的。他息影舞台，深居简出，不得不靠卖画和典当为生，生活十分清苦。日本军官威逼利诱，梅兰芳却不留一点情面。抗战胜利后，梅兰芳剃去胡须，换上西装，露出了多年未曾有过的笑容，重新登上舞台。故居现在成为梅兰芳纪念馆，静静地矗立在思南路上。

上海大剧院

何处春风奏管弦？
申城大剧正娇妍。
古今中外多经典，
次第纷纷到眼前。

人民广场西北角，人民大厦西侧，坐落着一幢晶莹剔透、典雅壮丽的"水晶宫殿"，这是由法国夏邦杰建筑设计公司设计，亚洲最大、世界上最先进的舞台之一的上海大剧院。大剧院坐北朝南，分为顶楼两层，地上六层和地下两层。借鉴中国古典建筑中"亭"的概念，皇冠般的弧形白色屋顶翘向天际。顶上可举行露天音乐会，象征着上海吸纳世界文化艺术的博大胸怀。建筑的构思为"天地之间"，被设计师定位为"开放的宫殿"。内部的设计沿用了中国九宫格式的建筑风格，整座建筑外墙以玻璃和大理石组成，从上至下晶莹透亮，既具有强烈的时代感，又具有浓厚的民族风情。

它置身于上海政治、文化中心，向蓝天展开其屋顶，象征着对世界文化艺术的热情追求，也象征着上海与天地相通的博大胸怀。曾经，中国最大城市上海只能在体育场听音乐会，因此与不少著名音乐团体遗憾地失之交臂。如今，上海拥有了现代化的音乐宫殿。作为国内首家国际性高等级综合剧院，上海大剧院自 1998 年 8 月 27 日正式开幕以来，迎来了无数世界级表演团体和海内外众多的艺术名家，世界三大男高音就是在此完成了与上海的约会。演出场次累计达到 10700 余场，观众达到 1300 万人次，已成为上海演出经典剧目的中心。上海大剧院铸就海派文化的新品牌，为上海文化产业构造了一个通达海内外的大平台。

上海大剧院

上海京剧院

剧台名角若星辰，
又有新人续旧人。
四海之中言海派，
虎山智取压凡尘。

　　京剧重镇虽首推北京，然而京剧在上海也可谓久盛不衰，无论是传统戏、新编戏还是时装戏、连台本戏，都观众千万。沪上看戏，必去上海京剧院，京剧麒派创始人、著名艺术大师周信芳是该院的首任院长。今日的上海京剧院位于上海市徐汇区天钥桥路1198号，下辖两个演出团和以京剧演出为主业的上海天蟾逸夫舞台。天蟾逸夫舞台是近代上海最著名的剧场，也是上海历史最悠久、规模最大的京剧演出场所，有"远东第一大剧场"之誉。1916年，丹桂第一台老板许少卿另立门户，租赁了位于九江路上的一家舞台，改名为"天蟾"，取神话月精蟾蜍折食月中桂枝的典故，蕴含有压倒丹桂第一台的意思。

　　1930年，"天蟾"之名号移至地处今福州路云南路的大新舞台，当时人称以前在九江路的为"老天蟾"，后来在福州路的为"新天蟾"。大新舞台易名"天蟾"后，京戏演出极一时之盛，南北名伶巨匠对这魅力无穷的舞台情有独钟。20世纪中，历代菊坛大师竞相在天蟾粉墨登场，以至梨园有"不进天蟾不成名"之说。四大名旦梅兰芳、程砚秋、尚小云、荀慧生，以及四大须生谭富英、马连良、杨宝森、奚啸伯等南北名角都曾在此献艺。天蟾舞台群英荟萃，纷繁不息的演出构成了蔚为壮观的都市文化一大盛景。以天蟾逸夫大舞台为京剧演出主业的上海京剧院，正是在麒派文化立场和艺术精神的薪火相传之中向天而歌，一步步穿越了岁月的风涛，正在走向成熟灿烂的盛年光景。

上海京剧院

上海音乐厅

上海音乐厅

早年听乐音，
高雅最难寻。
几许悠扬曲，
绕梁直到今。

上海音乐厅原名南京大戏院。这是一座具有西洋古典风格的戏院，外表气派，具有艺术魅力，建筑上的装饰变化多且有层次，色调淡雅。古典的柱子与券门配合得比例匀称，使人产生富有节奏与旋律的感觉。因此，有人说这一建筑物是"凝固的音乐"，是再恰当不过了。当年的南京大戏院是仿西方古典建筑形式成功的典型实例之一，也是中国人设计建造的第一座戏院。20世纪20年代末，电影行业成为朝阳产业，上海的一些社会名流瞄准了这一行。1929年，由恰恰公司经理何挺然向潮州同乡会会馆租地投资兴建大戏院。1930年3月26日建成开业时，首映美国环球电影公司歌舞片《百老汇》，轰动一时，而且成为上海最早安装冷暖空调的戏院之一。因此被称为亚洲第一流的娱乐建筑，被誉为"上海的巴黎歌剧院"。1950年这里改名为北京电影院，并成为全市第一家公私合营影院。1959年，为庆祝建国十周年并促进上海音乐事业，改建为音乐厅。2003年6月在延中绿地扩建工程中，顶升3.38米，向东南平移66.4米，创造了中国建筑史上的奇迹。一位记者动情地说，（这是）留住了一座城市对音乐的爱情。平移成功并修葺一新的上海音乐厅，于2004年10月1日正式开业。享誉世界的英国皇家爱乐乐团举行了首场演出，随着柴可夫斯基《第一钢琴协奏曲》气势恢弘的乐声在大厅里回荡，这座既折射历史光辉又体现时代特色的音乐殿堂，再次奏响了辉煌的乐章。

诗画上海

上海电影制片厂

牛刀小试农家乐，
申城影戏远西洋。
佳人才子俱往矣，
南征北战好沙场。

"起来！不愿做奴隶的人们！把我们的血肉筑成我们新的长城！"作为中华人民共和国国歌，上海电影《风云儿女》的主题歌早已超出了歌曲的范畴，为每一个中国人所牢记。1895年，世界最早的电影在巴黎诞生，仅一年后就在上海徐园出现了电影，是中国电影的发祥地。上海电

上海电影集团

第十章 兼容并包

"上海电影制片厂"工农兵雕影

影构成了中国早期电影最重要的版图。1949年11月16日,国营上海电影制片厂成立。在这里,集中了大批经验丰富、久享盛名的电影编剧、导演,以及摄影、美术、音乐、录音、制作方面的专家;又有一大批名演员,实力十分雄厚。建厂之后,上海电影制片厂充分发挥优势,拍摄了许多故事片、美术片、纪录片,题材广泛丰富,具有很高的思想性、艺术性,在人们心中留下了难忘的印象。

上影60年,创作生产了近800部电影,其中一大批优秀影片成为中国经典电影,上海踏踏实实成为中国电影的重镇,其地位难以撼动,其成就令人瞩目。上海电影以其独特的都市美学风格和延安电影的纪录电影风格遥相呼应,形成了早期中国电影两种截然不同的面貌。现在徐家汇漕溪北路上,依然耸立着由原来的上海电影制片厂、上海美术电影制片厂、上海电影译制厂、上海科学教育电影制片厂等等多家老牌的公司组成的上海电影集团,它经历了中国电影的百年沧桑,正向着新时代继续迈进。

上海体育场

马拉多纳到申城,体育场中起掌声。
奥运中超多赛事,萋萋草地是征程。

上海体育场又称八万人体育场,坐落在徐汇区天钥桥路 666 号。体育场占地面积 19 万平方米,建筑面积 17 万平方米,可容纳 8 万名观众观看比赛。其规模之宏大、设备之先进、功能之完善,堪称当时中国之最。体育场于 1994 年 9 月动工,耗资十多亿,1997 年 8 月竣工。这座气势雄伟、宛如一朵巨型白玉兰花朵的建筑,融会了当代许多先进的建筑理念。在设计上采用虚实结合的手法,实体的玻璃幕墙与周围镂空的构架形成强烈的对比。

大跨度、大空间,充分展示了体育运动的力度和气势,又体现了简洁、流畅的整体风格,这真是建筑技术和建筑艺术的完美结合。1999 年,上海体育场在建国 50 周年上海经典建筑评选中被评为金奖,2008 年还承担了部分奥运会足球预赛。上海八万人体育场雄踞在大都市的西南隅,无疑成了城市标志性的景观之一。

上海体育场

上海国际赛车场

海派赛车道，非是跑马厅。
自主驭超速，睡狮已然醒。

上海国际赛车场位于安亭镇东北，与驰名世界的上海国际汽车城相邻。

从 2002 年 10 月 17 日打下第一根桩开始，在中德双方专家团队和工程建设者的努力拼搏、攻坚克难下，历经 18 个月，终于建成了高难度、高标准、高质量的符合 F1 赛事要求的世界一流赛道。这条全长 5.4 千米的赛道由 14 个不同转弯半径的弯道和 9 条直道组成，最大的高低落差达 12 米，尤其在连续曲线赛道处的下坡度达到 8%。赛道最高设计时速达 327 千米，其惊险性、刺激性和观赏性可谓无与伦比。这条堪称当今世界上最先进、最具挑战性的 F1 赛车道，是目前世界上弯最急、坡最陡、赛道起伏落差最大的赛车道，也是 F1 国际赛车在亚洲的唯一指定场地。空中俯瞰，整个赛道是一个形象化的艺术字"上"，蕴含着赛场"力争上游，乘势而上"的无限遐想。

上海国际赛车场

城隍庙地区全貌

城 隍 庙

唧唧市人喧，
何由到豫园。
不知秦裕伯，
但看众生繁。

在中国几乎每个城市都有自己的城隍庙，庙里供奉着当地的守护神灵，道教将城隍神纳入自己的神系，称其是剪除凶恶、保国护邦之神，

并掌管阴间的亡魂。老城厢方浜中路安仁街西的老城隍庙，原是金山神庙，史载建于三国吴时，祀镇水之神汉博陆侯霍光。相传，霍光曾显灵帮助金山一带的农民抗旱。直到百余年后，明永乐年间，上海知县直接占用了城内金山神庙改建为城隍庙。又因宋秦少游的七世孙秦裕伯治国有方，颇具政迹，死后被朱元璋封为上海城隍神。这样城隍庙就供奉着上海两个城隍，即霍光和秦裕伯，故有"一庙二城隍"之说，称为"前殿为霍，后殿为秦"。

城隍庙初建时规模并不大，后明清两代屡次增修，规制不断扩大，日趋繁盛。后又经战火、兵祸、文革等破坏，原庙也数度毁建。今存的建筑，系1926年重建。如今殿宇林立，神像众多，飞檐翘角，雕梁画

九曲桥

栋，花窗回廊，朱墙黛瓦，更显巍峨肃穆。前殿祀金山神主霍光和清代民族英雄陈化成，中殿祀秦裕伯，后殿供奉城隍懿德夫人。此外，还建有玉清宫、星宿殿、文昌殿、斗姆阁、财神殿、三元殿、阎王殿等。城隍庙的活动热闹非凡，有每年的清明节、农历七月半和十月初一的三次城隍出巡的三巡会，主要香期有农历新年、二月二十一日（上海城隍诞辰）、三月二十八日（城隍夫人诞辰），以及观音等主要供祀神的诞辰等。

老城隍庙附近，安仁街137号，矗立着沪上名园之首——豫园，它是上海现存的一所最完整的明代园林，于明嘉靖三十八年（公元1559年）兴建，万历五年（公元1577年）后陆续扩建。第一任园主为明代四川布政使潘允端，为了"豫悦老亲"（豫与愉同义）而建造了这座石园，时人称"奇秀甲江南""东南各园冠"。自19世纪中叶起，豫园迭遭英军、洋枪队、日军的惨重破坏。

第十章　兼容并包

豫园

静安寺

静 安 寺

地有涌泉融典故，
静安古寺追孙吴。
琵琶行帖写长卷，
普渡慈航水未枯。

  静安寺是上海著名的佛教真言宗古刹。静安区由静安寺而闻名，是这闹市中难得的清修之地。相传建于三国东吴孙权赤乌十年（247），如今庭院内墙壁上写有"赤乌古刹"四个大字。初创之初，原名沪渎重玄寺，在吴淞江滨，唐改名永泰禅院，北宋始名静安寺。因江潮泛滥，危及寺基，南宋移建至现址。元明以后，屡修屡圮，终毁于太平天国，留存至今的建筑皆清光绪后所建。静安寺周边原来是荒郊僻野，1862年租界扩张修马路到这里，形成静安寺路（这就是今南京西路的原名）。此后百余年间，得地利之便，逐渐繁荣，庙会期间商贾云集、游人如织。元人有"静安八景"之说，历代多有题咏，但至今大多已湮没。其中涌泉即沸井，俗称海眼。清末筑石栏，题曰："天下第六泉"。建国后，因妨碍南京西路交通，拆去石栏，加盖于井上，铺成路面。"文革"时期，寺院遭受巨大冲击，被毁严重。

  从1984年开始，一再重建翻新，这才逐步成为如今的样子。现在的静安寺，庙宇巍峨，佛像庄严。静安寺藏有文徵明真迹《琵琶行》行草长卷。大雄宝殿中供奉着一尊重达15吨纯银浇铸而成的如来佛祖像，原先由整块纯玉雕成的释迦牟尼缅甸佛像让位迁于西配殿。寺内建筑有赤乌山门、天王殿、三圣殿、功德堂和方丈室。方丈室楼上设立真言宗坛场，坛场左侧辟有持松法师纪念堂。每年阴历四月初八，这里都要举行三天的庙会，热闹非凡。

文　庙

老城厢里存文庙，
碧水一泓可放生。
青莲枯去游鱼老，
此生谁料能留名。

黄浦区文庙路 215 号有一座与上海县同龄的文庙，它是上海中心城区唯一的儒学圣地，著名的名胜古迹之一。其前身是南宋景定年间，邑人唐时措兄弟在方浜长生桥西北所建的祭祀梓潼帝君的梓潼宫。在元代改建为文庙，位于学宫街。小刀会起义时，刘丽川曾在此设指挥部，清代重建。1936 年，被国民党上海市政府改建为上海市民众教育馆，并附设明伦小学。以公园化的标准增植树木，修假山、池塘，故习称为"文庙公园"。

文庙内有棂星门、泮池、三顶桥、大成殿、崇圣祠、明伦堂、尊经阁、魁星阁等建筑和放生池、荷花池等景点，隙地遍种花木。新中国成立后，政府拨款，两次修缮明伦堂、大成殿和魁星阁，并整体规划，以三条线路将格局分开。祭祀线，主要有棂星门、大成门、东西庑房，大成殿及殿前石平台至崇圣祠等，全部按明、清风格原貌修复，大成殿前有一尊铜铸孔子全身像。休闲线，主要修复魁星阁、明伦堂、放生池、儒学署等。市场线内，则是重修的尊经阁，开辟花圃、花坛，植树栽花，并在尊经阁东西新建一条明清建筑风格的上海文庙书刊交易市场街市。

嘉定孔庙坐落在嘉定区嘉定镇南大街，紧邻汇龙潭公园，是上海现存最早、最完整的文庙建筑群，其是随着嘉定县城一起建立起来的，历史文化价值很高。南宋嘉定十年（1217），朝廷设置嘉定县。两年后，嘉定孔庙即告落成，称文宣王庙。

文庙

嘉定孔庙

徐家汇天主堂

鸟飞钟楼巅，望海纳百川。
传教做弥撒，相逢即是缘。
烛光好灿烂，高风聆琴弹。
新人结伴侣，从此邀云汉。

徐家汇是上海天主教的发源地之一，中国天主教先驱徐光启的墓地就在此处。徐家汇天主堂在上海天主教历史上占有重要地位，是上海天主教的核心教堂，也是上海地区最大的教堂。

1924年，中国天主教"第一次全国主教会议"曾在此举行。新中国成立后，上海天主教界走上了独立自主自办教会的道路。1960年举行隆重的祝圣主教大典，从此定为主教座堂。它坐落于漕溪北路西侧的蒲西路158号，坐西朝东，曾名圣依纳爵堂。依纳爵是首任耶稣会会长，死后被罗马教廷封为圣徒。天主教堂一般以耶稣、圣母和圣母玛利亚的丈夫若瑟命名，也有以圣徒命名的。徐家汇天主教堂是耶稣会创建的，由建筑师陶特凡设计，法国上海建筑公司耗时6年建成，1910年10月22日举行落成典礼。这是一座中世纪哥特式建筑，高五层，砖木结构。大门向东，平面T形，法国中世纪样式。正门有浮雕圣像，外墙用红砖砌就，墙基用青石，四周水落接头处以兽形装饰。两侧钟楼南北对峙，尖顶铺淡紫灰色石片瓦。室内大方砖铺地，走道地坪以花瓷砖铺筑。堂内有大小64根立柱，每根由10根小圆柱并合而成，悉以金山石精刻细凿。堂中有19个祭台，大祭台在堂后部中央，有耶稣、圣母像，雕刻精美、色彩鲜明。教堂门窗皆尖券式，有彩绘玻璃窗。

徐家汇天主堂规模庞大，建筑瑰丽，曾有"中国教堂之巨擘""远东第一大教堂"之称。

诗画上海

徐家汇天主堂

白云观

白 云 观

白云观上观云白，
今夕何年只问君。
蝴蝶飞来又飞去，
一池秋水起波纹。

上海市道教协会和道教文化研究中心所位于的黄浦区大境路239号，也是上海白云观的立身之处。清末同治年间，杭州显真观道士王明真建雷祖殿（或称茅山殿）于北门外新桥，为当时全真道士云游四方途径沪上的栖身之所。清光绪八年（1882），道士徐志成在雷祖殿的基础上募建道观，然而因沿途马路扩修，雷祖殿被迫拆迁，徐志成遂在仁济善堂绅董们的资助下，在老西门外（今白云观址），于当年重建雷祖殿。随后陆续扩大规模，扩建斗姆殿、客堂和斋堂，使雷祖殿成为有一定规模的全真派道观。光绪十四年（1888），增建藏经阁，以"北京白云观下院"的名义，请得明正统道藏8000余卷，由海路运沪，为不忘继宗之意，更名为海上白云观，简称白云观，同年定为十方丛林。5年后，扩建三清殿、吕祖殿、邱祖殿。1894年，上海海关查获企图走私出国的明代鎏金道教铜铸神像，五尊为天将站像，两尊为天师站像，另有真武大帝坐像一尊、清代玉皇坐像一尊，此后这些铜像移送白云观三清殿供奉，成为上海白云观的镇馆之宝。

随着徐志成的逝世以及淞沪会战爆发，白云观历经战乱。新中国成立后，白云观重整教规，恢复面貌。1985年，道教协会成立，会址即为上海白云观，如今白云观规模为上海道观之最。

2010年世博会部分园区

上海世博园

环球宾客汇群英，
世博浦江扬美名。
城市自然将更好，
交通历史展文明。

在本土举办一次世博会,曾经是几代中国人的梦想。1902年梁启超发表的《新中国未来记》中,就曾写到过自己的世博强国梦想。百年之后,中国不仅在2008年成功举办北京奥运会,并且在2010年又一次成功举办了上海世博会这一精彩难忘的世界性顶级盛会。

来自全球范围内的200多个国家和国际组织齐聚世博园,共同参加一场"城市让生活更美好"的大讨论。这是一座规模宏大的世界展览园,位于南浦大桥和卢浦大桥之间,地跨黄浦江两岸,这里是建筑的艺术,更是国家的风采。上海世博园从诞生的那一刻起,就注定要

从卢浦大桥看世博园

成为一座全球瞩目的国家公园。园中有 42 个国家自建展馆，分为独立、联合、企业、主题和中国馆群五大场馆群，馆群中间以道路和绿地相连。世博园中，有 5 座标志性建筑是永久保留的，那就是著名的"一轴四馆"：世博轴、中国国家馆、世博会主题馆、世博中心和世博会演艺中心。

  这其中，恐怕最抢眼的还是中国馆。它坐落在世博会规划核心区，中国馆的外观是以"东方之冠，鼎盛中华，天下粮仓，富庶百姓"作为构思的主题，外立面由凝聚中国元素的红色斗拱层叠出挑。总体造型雄浑有力，犹如高耸的华冠。如今中国国家馆改建更名为中华艺术宫，成了藏有 8000 余件艺术作品的博物馆，继续发挥着作用。世博会结束后，作为创新亮点之一，全球的嘉宾可以从网上继续访问世博会，上海世博会"永不落幕"。

第十章　兼容并包

上海进口博览会

淡看浊浪卷流沙，
四叶草生气自华。
一带一路同命运，
到来企业上千家。

人们总说，找到了四叶草就找到了幸福，因为稀有，所以四叶草代表的是幸福。2018年11月5日至10日，来自172个国家、地区和国际组织，以及3600多家世界知名企业齐聚国家会展中心（上海）。会展中心坐落于上海虹桥商务区核心区西部，由国家商务部和上海市政府合作

国家会展中心

共建，总建筑面积 147 万平方米，地上建筑面积 127 万平方米，是目前世界上最大的建筑单体和会展综合体。因会展中心四大场馆外形酷似一片又一片的树叶组合，被称作"四叶草"，有绿叶葱葱、枝繁叶茂的深邃寓意。

展馆间隔区设立了东、南、西、北四个厅。国家展和企业商业展是四叶草的主要两个布展区，分别占 3 万平方米和 27 万平方米。作为世界上第一个以进口为主题的大型国家级展会，规模空前，引起了全社会广泛关注。在本届进博会上，创新产品云集，超过 5000 件展品在中国市场首秀，100 多项新产品和新技术相继发布，创新活力四射。每一个参展国带来了最具代表、最有特色的优质产品，一方面为中国买家买遍全球提供了一次盛会，另一方面更是为世界供应商近距离接触中国市场、接驳世界高精尖科技提供了一次绝佳良机。进博会的召开将平衡和扩大多元贸易，拓展市场多元化，体现中国作为国际大国的责任担当，用实际行动向世界发出进一步开放的"中国声音"。

国家会览中心内景

第十一章　祥和宜居

平平淡淡中藏着祥和欢乐与生机蓬勃，人潮汹涌中追寻不为人知的市井故事。这里优雅精致的生活腔调是一曲摩登与传统的歌。

石 库 门

踏进弄堂如进村，
两边一色石箍门。
不堪欸乃户枢响，
墙上青砖岁月痕。

北京有胡同，上海有里弄；北京有四合院，上海有石库门。石库门是最具特色的上海民居，其建筑既传承了传统中国式建筑的特点，又吸收了西方建筑的风格，成为上海独特的时代产物。

石库门建筑起源于太平天国起义时期，极盛于民国时期。当时的战乱迫使江浙一带的富商、地主、官绅纷纷举家拥入租界寻求庇护，外国

石库门老房子

第十一章 祥和宜居

的房产商乘机大量修建住宅。这个群体习惯了高宅大院，狭小的土地无法满足他们的要求，要想在狭窄的空间内营造出不输于宅院的江南风格，商人们便选择了这种创新型的建筑方式。建筑的平面和空间接近于江南传统的二层楼三合院或四合院形式，因追求简约，改多进为单进，保持正当规整的客堂和两厢，楼上有内室。延续对外封闭的传统特征，其门楣部分装饰最为丰富。

石库门民居

早期常模仿江南传统建筑中的仪门，做成中国传统砖雕青瓦压顶门头式样。后期受西方建筑风格影响，常用三角形、半圆形、弧形或长方形的花饰，类似西方建筑门、窗上部的山花楣饰。石库门民居大量吸收江南民居的式样，以石做门框，以乌漆实心厚木做门扇，因而得名。石库门凝结着上海这座城市内在的精神、气质与底蕴——海纳百川，本就是海派文化的重要传统。"亭子间""客堂间""厢房""天井""二房东"以及"七十二家房客"等与石库门有关的名词，早已成为与上海有关的独特记忆，温馨又难忘。

1980年代的老码头

老 码 头

传奇何处最难收，
十六铺边江水流。
送往迎来天下客，
舟船无数尽幽幽。

  老码头是原来的十六铺，原址为上海油脂厂。这里有着最上海式的传奇，临江弄堂、老式石库门群落流传着上海滩大亨们的故事。闲坐在屋顶的欧式露台，楼下就曾是黄金荣、杜月笙的仓库。东与陆家嘴金茂区隔江相望，南临南浦大桥，与世博园区紧邻，西面为上海老城厢，与豫园、淮海路商业街、上海新天地等城市地标遥遥相对，北面的 1.5 千米处还有外滩万国建筑群。

  如今，老码头更好地融合了上海这座城市的艺术、文化、商业与风尚，呈现给世人别具一格的海派风情。老码头是上海滩创意产业园的一个重要组成部分，经过几年的保护性开发和改造，这里 20 世纪 40 年代老上海的繁华风貌是老码头创意园区有别于其他创意园区最大的特色，以老上海的历史文化为背景，保持着最富上海韵味的石库门建筑特点。部分建筑经过巧妙设计，融入了现代时尚元素——玻璃、钢结构，原本看似平淡的空间变得精巧、典雅、别具匠心。

  老码头广场中央的壹号楼就是一座典型的石库门建筑，在秉承了欧式建筑的风格上，加入现代及海派元素，如梦似幻。老码头创意园区深受时尚、创意人士和企业的青睐，成为了南外滩的时尚新地标。

第十一章 祥和宜居

南 京 路

有轨电车驰,外滩风劲吹。
霓虹一马路,商贾四公司。
演绎寻常处,参观未了时。
人山复人海,举步安如斯。

上海重要马路的定名有一个通例,但凡南北横线取省名,东西纵线取城名。南京路宛若昼夜璀璨的长龙,头枕于黄浦江外滩,身卧于南北向的马路,尾拖至千年古刹静安寺,全长 5.5 千米,以西藏中路为界,分为东西两段。上海之有南京路,好比中国之有上海一样明显。1843 年上海开埠后,南京路迅速成为上海最繁华的商业街,人称大马路。至 20 世纪 30 年代,"十里洋场"的南京路已是蜚声中外,称雄远东。随着永安、先施、新新、大新、中国国货五大著名环球百货公司的崛起,过去灯红酒绿的千里洋场便成为上海最繁华的商业街。

中华人民共和国成立后,南京西路变化很大,建了不少高楼和大型商场。尽管如此,还是南京东路显得热闹。南京路上的商业网点得到全面改造、调整和重新布局,除了那些老牌的大商场外,许多中华老字号店铺也在这里开设。在十里长街上漫步,各行各业的商店鳞次栉比、景象争辉。橱窗内的展品光彩照人,引人驻足。

现在,这条路无疑是很多外地人初到上海来的首选之地。市百一店、第一食品、新世界等国内商业龙头企业和时装公司,恒源祥公司、老庙黄金银楼、上海丝绸商店、茂昌眼镜店、第一医药商店等一批名特商店组成了"上海的商业橱窗",汇聚万国精品,引领时尚潮流,获得了"中华商业第一街"的美誉。不到南京路,不足以称到过上海。

南京东路步行街

第十一章 祥和宜居

淮 海 路

沪上摩登路，
沧桑逾百年。
时人说腔调，
淮海独居前。

曾经有人这么说：外地旅游者到上海，南京路是不能不去的，而上海人却更喜欢逛淮海路，不知道这话说得是否有道理。但是，淮海路所带有的那一丝丝异国风味，使大多数的上海人对它情有独钟，却是无可否认的事实。淮海路浓郁的、时尚高雅的氛围，凝聚了它百年历史文化

百年淮海路

的积淀。从 1900 年辟地修路至今，淮海路与 20 世纪同步，已经整整经历了百年风雨。淮海路过去又叫霞飞路，全长约 6 千米，是一条繁华而又高雅的大街，西藏南路和华山路把淮海路分为东、中、西三段，分别命名为淮海东路、淮海中路和淮海西路。这里的特色商店有 400 余家，最繁华的地段为陕西路至西藏路 2.2 千米长的商业街。

20 世纪 90 年代，淮海中路的商业街改造与地铁建设同步，商业街建设坚持高起点，与上海国际大都市的地位相适应，所售商品以高、中档为主，素有"穿在淮海路"之称。商店装潢典雅高贵，欧美新潮及跨世纪大都市的建筑风格各具风采。无论是建筑外表，还是内部格局，都散发出浓郁的城市型文化休闲气息。著名商店有巴黎春天、美美百货、华亭伊势丹、百盛、太平洋淮海店等。漫步淮海路，最有韵味的是它的西段，最好的季节是深秋。淮海路的高雅风格和异国情调，一百年前肇始于法国，经俄国侨民经营推广，最终形成自己的特色，沉淀进了上海人优雅精致的生活方式中。

福 州 路

群星璀璨莺无数，
歌舞升平方日暮。
文化大街脂粉浓，
一言难尽福州路。

福州路起始于外滩中山东一路，经四川中路等多条马路与人民大道相接。现在的福州路文化街主要是指河南中路至西藏中路段，以经营各类图书、文化用品，充满文化气息著称。如今的福州路，相比于人声鼎沸的南京路，在四季里显得有些朴素和静默，掩饰了它曾经叱咤风云的岁月。早在上海开埠以前，福州路被俗称为四马路。而一马路、二马路、三马路，分别为现在的南京路、九江路和汉口路。

在19世纪50年代初，神甫麦杜斯曾在这里布道，因而又被叫做"布道街"，这位神甫创办了中国第一个出版机构，并雇佣了一批当时被称作秉华笔士的落魄书生当写手，来传播西洋文化。这批文人不断学习西学，又融合了自身的国学功底，便成为了海派文化的创始者。他们在福州路附近创办报馆、书馆、印刷所，成为当时上海出版业的前沿阵地。近代中国历史最久的中文报纸《申报》，即是当时英国商人在福州一带创建的。今日的福州路上，报馆已不见了踪影，却聚集着上海书城、古籍书店、上海外文书店、科技书店等各大书店，以及经营办公和文化用品的百新文化用品、上海美术用品商店等。这里文化氛围浓厚，被誉为"中国文化第一街"也是名实相副了。

作为海派文化的源头，福州路的历史就是中国文化海纳百川、兼容并蓄的历史。

1980年代的福州路外文书店

诗画上海

多 伦 路

曲折小街寻小楼，先贤踪迹有存留。
百年震耳埋声响，欲踏还须脚更柔。

"一条多伦路，百年上海滩"。这条以英国传教士窦乐安为旧名的小路，位于虹口区，本是四川北路的一条分支马路，街短而窄，路曲且幽。夹街小楼，鳞次栉比，风格各异。淡妆素颜，阅尽人间冷暖，犹自不动声色。一个多世纪来，上海走过了从开埠时期的沙船渔村到20世纪30年代的十里洋场，直至形成今东方大都市的沧桑历程。这条全长不过500米的多伦路及其周边地区，从一个侧面集中地展示了上海的历程印迹和文化缩影，在近代文化史上写下了浓重的一笔。

多伦路的历史建筑

第十一章 祥和宜居

多伦路左翼作家联盟成立大会会址

鲁迅、茅盾、郭沫若、叶圣陶等文学巨匠及丁玲、柔石等从事小说、剧本等创作，以及左联作家组织领导革命文学活动，铸就了多伦路"现代文学重镇"的地位。而闻名遐迩的公啡咖啡馆遗址、鸿德堂，以及孔祥熙公馆、白崇禧公馆、汤恩伯公馆更使多伦路成为海派建筑的"露天博物馆"。这里除了众多的名人遗迹外，还有众多小型私人博物馆，如古钱币展览馆、筷子博物馆、南京钟博物馆、藏书票馆、古陶瓷收藏馆等。从瞿秋白、陈望道、赵世炎、王造时、内山完造到景云里、中华艺大、上海艺术剧社，名人故居、海上旧里，积淀成今天多伦路浓厚的文化气息。多伦路是一个怀旧的地方，让人感慨系之的地方。路上到处飘散着老上海的气息，让人在此地流连忘返。

新 天 地

石库门中酒一杯，
人生惬意几多回。
誓将陈腐换新貌，
隔日弄潮掀浪堆。

　　新天地坐落在市中心，位于黄陂南路以西、马当路以东、太仓路以南、自忠路以北，占地约三万平方米。改革开放以来，大片石库门建筑在旧城改造的浪潮中被拆。但新天地作为上海保存相对完好的石库门街道，既是上海传统建筑文化的象征空间和城市建设中不能割裂的城市文脉，也是城市更新与城市经济发展过程相结合的典型代表。

　　1998年，新天地重新改造，横空出世。主要开发商从原有墙体中取出砖料修补已风化或损坏的外墙砖体，使墙体外观既保存了统一的建筑色彩，又有"修旧如旧"的鲜明特色，保持了真实的历史价值。重获新生的新天地，由南里、北里两部分组成。北里衔接兴业路"一大"会址，保留一些具有海派风格建筑符号的里弄口和石库门住宅，主弄地面铺花岗石，次弄地面铺青砖，黑漆木门代以玻璃门扇，使用现代的建筑装潢和设备，在视觉上内外沟通。南里建有多幢高约二十米、体量较大、色彩淡雅、配以玻璃幕墙、具有现代风格特征的商业和娱乐性建筑，作为与地块外市中心现代高层建筑的联结。两里之间，由部分采用现代风格的餐厅，在色彩和尺度上予以过渡，使旧与新的交接处，形成新旧建筑共存的氛围。

　　漫步新天地，犹如置身于老上海。但跨进每个建筑内部，则非常现代和时尚，能亲身体会新天地独特的理念：昨天、明天，相会在今天。

第十一章　祥和宜居

新天地夜景

改造中的五角场

五 角 场

立意敌租界，江湾五角场。
旧时曾梦碎，今日最名彰。
来往通途美，学商居住祥。
正真新世界，沪上好家乡。

这里是上海的东北部，与南城的徐家汇遥遥相对。其中心区域是一个大环岛，有邯郸路、四平路、黄兴路、翔殷路、淞沪路5条发散型大道在这里交汇，犹如五只角，故名五角场。在国民政府1929年制定的"大上海计划"中，农村乡野的这一带渐渐兴起。根据当时的设想，五角场将成为中华民国的"第二首都"（经济首都）。计划实施数年后，日军侵华最终打断了五角场的繁荣梦，自此沦落为棚户区。曾经的五角场就是老上海眼中"下只角"的一块标识。

解放后，供销合作社、转角商店、国营饭店等商业群体雏形逐步形成。改革开放后，渐成周围地区的商业中心，各类商店俱全，并有多种贸易市场。2000年后，开始大规模改造。如今的五角场已蜕变为名副其实的上海四大城市副中心之一，北上海的高端旗舰商业中心。这里四通八达，地面除了原有5条主干道外，还有中环高架路、地铁10号线横贯而过。穿越中心上空的高架上一椭圆形装饰外壳别具匠心，每到夜晚，彩蛋内外灯光璀璨夺目。以环岛为中心的周围，有合生汇、苏宁电器、百联又一城、万达广场等诸多商业巨头汇聚，一大批中高级商务综合写字楼矗立其间。

今天的五角场逐步成为融商业、金融、办公、文化、体育、高科技研发，以及居住为一体的以知识创新为特色的城市公共活动中心，而分外光辉靓丽。

第十一章　祥和宜居

徐　家　汇

　　胸怀世界说当年，
　　沪上英才是子先。
　　百脑如今交汇处，
　　徐家别业种良田。

　　如果说上海是中国现代文明的一扇窗户，那么徐家汇则是海派文明的标志与发源地。20世纪，法租界在徐家汇周围越界增辟道路，此后徐

徐家汇恒隆广场

253

家汇交通、商业加快发展，渐显都市面貌。改革开放以后，徐家汇进入了大变化时期。现代化的高楼大厦拔地而起，著名的商业公司、宾馆、饭店纷纷进驻，另有所谓"四大金刚"托起徐家汇商业城脊梁。1993年建成的美罗城，以巨型玻璃球体为独特标志，素有徐家汇"地标"之美誉。"繁华""新颖"大抵是现代人们对于徐家汇的印象，对于徐家汇的历史却知之甚少。明代政治家、科学家徐光启先葬父于三水汇合处西侧，死后自己亦落葬于此。之后，部分徐氏家族从南市迁来定居，三水汇合处一带称徐家汇，此名沿用至今。

徐家汇一直保留着一批一百多年前天主教耶稣会文化事业的建筑。那里在清代中叶前地处乡野，道光二十七年（公元1847年）法国耶稣会会长前来传教，于徐光启墓东建教堂，从此天主教开始将徐家汇辟为江南的传教基地，以后陆续在此建造了耶稣会修道院、圣母院、圣经院等。太平军进攻上海期间，公共租界和法租界当局分别越界辟筑了两条徐家汇路（今华山路和肇嘉浜路）通向徐家汇，四乡居民为避战火纷纷涌来此地，致此地人口剧增，市面日兴。这些都是上海近代发展的见证，是极为重要的历史遗存，和高楼大厦一起，构成了今日多姿多彩的徐家汇。

第十二章 瑰丽绽放

活力都市的清新景致,放松自我的诗与远方。乡野之风拂动,世外桃源暗藏,游乐世界、动物王国,爱你停留的美丽容颜。

南汇桃花

天天南汇桃,不与俗尘嚣。

红粉观流水,翠枝展大旄。

陶公忘归径,伯虎乐挥毫。

灼灼何需众,相期赴共醪。

"忽逢桃花林,夹岸数百步,中无杂树,芳草鲜美,落英缤纷。"在上海市的东海之滨,南汇县就是这样的一个"桃花源"。"桃之夭夭,灼灼其华",在那里,桃花一直是时光流影里那一抹明媚春色,境内植有

南汇桃花节

千亩桃林，是上海最大的桃花观赏圣地。1991年，南汇第一届桃花节开幕，2004年重新规划建设。

而今，南汇桃花节早已从浦东桃花节，升级为上海桃花节。惠南镇的古钟园，是历届桃花节活动的主要场所，除此之外，尚有桃花山等名目繁多的人造景观。桃花园是万亩桃花中的灿灿明珠，中有桃花桥、桃花船、桃花渡、桃花亭等景点。滨海世外桃源，除了自然景观之外，人文景观中最醒目的是立于桃花之中的桃文化博物馆，一座三层八角型近30米高的宝塔，每层展示内容各有特色。登高临廊眺望，长江口巨轮出海、渔船归航，东海大桥和洋山深水港尽收眼底。桃花源民俗村位于县府附近的城北村，有桃林千亩。那里的民俗风情展，把观光和民俗活动结合起来，上海郊县浓郁的乡情民风，让这里真正成为了安宁和乐的宜居之所。

猗园赏荷

池塘风起正清秋，菡萏亭亭开未收。
曼舞烟波十里阔，平添宫阙万般柔。
灵根自古无遗恨，禅意由来不识愁。
一片雨声如约至，谁人与我共扁舟。

"瞻彼淇奥，绿竹猗猗。有匪君子，如切如磋，如琢如磨。瑟兮僩兮，赫兮咺兮。有匪君子，终不可谖兮。"这出自《诗经·卫风·淇奥》，是一首赞美男子形象的诗歌。而诗中的"如切如磋，如琢如磨"也出现在《论语》中，被孔子的学生子贡用来回答老师的问题："君子"要成器，就要经过切磋打磨，精益求精。位于嘉定区南翔镇的古猗园，

猗园赏荷

古猗园

以《淇奥》来命名可以说是饱含深意。其最初建于明嘉靖年间,称"猗园";至清乾隆十一年扩建重葺,更名为"古猗园"。后又经历多次修复,成为上海市最古老的园林之一,其建筑形式、地形地貌、水流山石各具特色。园内遍植修竹,立柱、椽子、长廊上都刻着千姿百态的美竹。

自2011年起,这里开始举办一年一度的上海荷花睡莲展,人们在这里目不暇接地邂逅荷莲的不同品种,花儿盛开别致的风雅,泼出曼妙的风姿。全园之内,星斗般迷幻的舞池中,细致宁静的画面里,古猗园的幽静曲水,为荷花、睡莲在这里竞秀风姿提供了一个流动的舞台,令人如痴如醉,流连忘返。

桂林公园

几多老树见阳春,
新树栽培更有人。
神秘面纱风掠去,
漫游故地说前尘。

"不是人间种,疑从月里来。广寒香一点,吹得满山开。"宋代杨万里的这首《咏桂》诗,展示了古人眼中的桂花总是和广寒宫、嫦娥联系起来的。桂花馥郁的香气,不像是人间种的,倒像是传说中月亮上广寒宫的桂树落下的芳香。

每逢仲秋时节,徐汇区桂林路80号的桂林公园中,总是飘来阵阵桂花香。这座于1932年竣工的花园,采用江南古典园林手法,立亭出榭、建舫营厅、开窗取景,甚至从苏州购来湖石。这里曾经是民国时期

诗画上海

上海青帮头目黄金荣的私人别墅兼黄家祠堂，原名为黄家花园，在抗日战争和解放战争中遭到破坏。解放后，上海园林管理局全面修复，由于园内种植了上千株金桂、银桂、丹桂、四季桂、石山桂，故更名为今日的"桂林公园"。

和许多江南园林不同的是，创始于1989年每年一度的桂花节是公园的一大特色，桂花节充分发挥仅一路之隔的桂林公园和康健园的园林优势，形成了稳定的"两园一村"格局。10月中旬至11月期间，众多市民前往赏桂，闻着桂花香，喝着桂花茶，吃着桂花糕，或者是在这桂花香气中漫步，凡尘俗世，超然于心。

桂林公园航拍

第十二章 瑰丽绽放

上海植物园

都市之中植物园，
天成如此袖乾坤。
欣欣岂止四君子，
问道寻禅各有门。

春天的百花烂漫、夏日的荷风送爽、秋天的菊花傲霜、冬日的梅花凌寒——一年四季植物的物候都出现在徐汇区西南部的一处国内最大的市立植物园，那就是位于龙吴路1111号的上海植物园。其前身为龙华苗圃，于1954年征地1050亩建成。1974年改建，1980年定今名，是集植物生产、科研、科普和游览于一体的市级专类公园。园内的植物引种以长江中下游野生植物为主，并为城市绿化收集和筛选大量的园艺品种，到目前共收集了6000多个品种。游览区有17处之多，树木苍翠，繁花飘香，素以培育盆景和花卉闻名。盆景园占地约百亩，盆景琳琅满目，经特殊栽培，虽枝干纤细，但花盛叶茂。数寸方圆盆中，有山野林木之态，自然山水之美。

近年来，上海植物园每年都举办数个规模较大、主题各异的花展，如春季的综合性花展——上海花展，夏季的动感植物展、食虫植物展、造纸植物展，秋季的能源植物展、国际名蝶展、南非花卉展，以及冬季的迎新花展和迎春花展。这里丰富的植物景观和浓郁的自然气息，使游人仿佛回到了大自然的怀抱。

诗画上海

上海植物园

上海海洋水族馆

第十二章 瑰丽绽放

海洋水族馆

碧水一泓无浪波，
五洲水族共长河。
浦东总让人惊喜，
草海龙鱼真不多。

即使是在浦东新区陆家嘴金融贸易区，东方明珠广播电视塔旁，也能看"海"，那就是亚洲最大的海洋水族馆——上海海洋水族馆。海洋馆建筑外形好似巨大的海洋探测船，两个硕大的不对称的三角尖顶的建筑物，在阳光下熠熠发光。其展示主题是通过水世界，亲历五大洲。

海洋水族馆共有五层，除了从地上三层一直通到地下两层的海底观光隧道外，上面两层则是将不同海域、地区的海洋生物分区展示。8个展区共展示了来自四大洲、五大洋的珍稀鱼类：体型酷似传说中神龙、身布满绿叶的叶海龙，被誉为"海的太阳"的太阳鱼，晶莹剔透如宝石的橙色水母，永远昂首挺胸、贵气十足的帝王鹦，这些闻所未闻的海洋生物直令人惊叹。馆中海底观赏隧道是目前世界上最长的海底观赏隧道之一，180°和270°的全方位景观视窗，让身在其中的人不禁感觉自己来到了一个全然陌生的世界。可让游客如同置身在海洋深处，全方位、多角度地观赏海底世界的珍奇异彩。

上海海洋水族馆不只是一座单纯的水生物展示馆，而是一座集旅游、观光、商贸、科普、教育、研究为一体的综合性展示馆，成为21世纪申城新的标志性旅游景点和建筑。

迪士尼乐园

浩浩游人迪斯尼，加鞭快马却嫌迟。
乐园如幻参差看，梦境成真相与知。
明日无穷怀希望，光轮极速赞雄姿。
虽然此处非山水，一派风光也是诗。

2016年6月16日，在经历了10年漫长的等待后，上海迪士尼乐园作为全球第六个迪士尼主题公园正式开园。浦东新区东部的川沙新镇，那里既是中国历史文化名镇，又毗邻中国（上海）自由贸易实验区和浦东机场，交通设施便利，地理位置优越。来自美国的迪士尼落户于此，在保留了迪士尼乐园本身快乐、梦幻的美国特色的同时，又融合了中国

迪士尼乐园

元素。比如，这里的中国特色糕点，也打上了迪士尼的印记。上海鲜肉月饼上印有米奇的头像，蹄髈、胡萝卜等也被厨师做成米奇的图案。米奇大街、奇想花园、探险岛、宝藏湾、明日世界、梦幻世界、玩具总动员，迪士尼经典电影、经典动画中的场景与上海各个街区穿插融合，形成一幅绚丽画卷，不知不觉带你走进一个美丽的童话世界。当夜幕低垂，迪士尼乐园上空会绽放绚丽多彩的焰火，那就是"点亮奇梦·夜光幻影秀"。这是上海迪士尼乐园每天的最后一道"娱乐大餐"，也是迪士尼为游客送上的一个"晚安吻别"。奇幻童话城堡上空，巨型的投影、炫目的激光和璀璨的烟火交相辉映，烟花从上空落下，城堡上演绎各种童话，经典角色米奇将带领游客一起欣赏这场表演，随着它发现城堡内通往全新奇遇的入口。

迪士尼，让人沉醉地体验着，并会激发出无穷的想象力，唤醒所有人心底的那个梦想；成为了上海的一张名片，给人们一个流连于上海的理由。

迪士尼乐园烟花秀

诗画上海

百 乐 门

旗袍爵士乐昏昏，
怀旧当临百乐门。
绿女红男鉴历史，
黄包车过是王孙。

　　灯红酒绿的百乐门舞厅，在旧时的上海滩是人尽皆知的富人欢场。舞厅的英文名叫"Paramount"，意为"至高无上"。1932年建成开业后，百乐门立刻成为上海的夜生活中心，号称"东方第一乐府"。那座名噪一时的"千人舞厅"，富丽堂皇，气势不凡。500余平方米的舞厅，没有一根立柱，舞池地板下用汽车弹簧钢板支撑。周围有随意分割的小

百乐门

第十二章　瑰丽绽放

舞池，地面用玻璃地板，下装彩色灯泡，晶莹夺目。诸多社会名流慕名而来，张学良、徐志摩是这里的常客，陈香梅与陈纳德的订婚仪式在这举行，卓别林夫妇曾到此休闲。1954年，舞厅为政府接管，主建筑改为红都戏院，演出粤剧、沪剧等，也放映电影，附属建筑改为商场。

1993年起，百乐门由香港华美实业有限公司与上海红都影剧院联合投资改建，并易名为百乐门华美娱乐城，成为上海一处装饰豪华、设备先进的综合性娱乐场所。2003年7月28日，经内部重新修缮，上海百乐门大舞厅以崭新的面貌再度迎客。

百乐门因这座城而沉浮，也因这座城而重生。如今位于静安区愚园路218号的百乐门，空气弥漫着80多年前老上海的气息。或许在香鬓俪影、轻歌曼舞中，我们又可以哼起一首《夜来香》。正如1932年上海百乐门舞厅刚刚建成时，上海滩传诵一时的诗句，"月明星稀，灯光如练。何处寄足，高楼广寒。非敢作遨游之梦，吾爱此天上人间。"

上海动物园

上海动物园

灵蛇飞鸟锁园中，
植物游人相与同。
穷尽自然是科学，
和谐相处乃天工。

  位于上海西郊虹桥路 2381 号的上海动物园，是一座以饲养和展出动物为主的大型综合性动物园，占地达 70 公顷。前身为西方冒险家的娱乐场所"虹桥高尔夫球场"，1955 年被政府收回。次年，为纪念上海解放五周年，定名"西郊公园"，作为文化休闲公园正式对外开放。同年 8 月，市政府决定将西郊公园扩建为动物园。现已成为一个具有特色的大型综合性动物园，动物展览种类增至 600 多种、6000 余只，除了金鱼廊、长颈鹿馆、象馆、狮虎山、熊猫岭、猩猩馆、猴山等早期观光点以外，近年来又新建了两栖爬行动物馆、蝴蝶馆、食草动物区、猴类馆、海兽馆、科学教育馆、鼠猴生态园、豹房等大型展馆，有特产珍稀动物大熊猫、金丝猴、东北虎、白唇鹿、扬子鳄、丹顶鹤等，还有非洲的黑猩猩、长颈鹿，欧洲、美洲的海狮、野牛，澳洲的鸵鸟、袋鼠等。

  园内绿化造景别具一格，现有各类植物 385 种、65000 余株。园林绿化与展出动物的生态环境相结合，富有自然气息。园景总体上的巧妙组合，春有百花争艳，夏有荫浓草馨，秋观多变果叶，冬赏苍翠鸟语。上海动物园整体上仍保持着文化休闲公园的园林艺术效果，也是上海市区最佳生态环境之一。

东滩观鸟

鸟在深林鱼在溪,自由往复任东西。
门前慵倦看家犬,屋后殷勤报晓鸡。
朝雨水光连岸绿,暮春草色与天齐。
生态和谐好去处,放飞梦想看虹霓。

东滩位于崇明岛的最东端,向东缓缓伸向浩瀚的东海,与南北陆地遥遥相对。东滩湿地南起奚家港,北至北八滧港,西以围堤为界限,东至吴淞标高零米线外侧3千米水线为界,是在一个仿半圆形航道线内的属于崇明岛的水域、陆地和滩涂。东滩湿地和九段沙一样,是一个典型的河口湿地。东滩候鸟保护区,是长江口野生动物资源基地。

崇明东滩的滩涂为鸟类迁徙提供了优越的补给中转站,也是水禽的重要越冬地,是目前世界上为数不多的野生鸟类集居栖息地之一。这里群鸟飞舞、天鹅游弋,每年它们都从东欧、东亚、东南亚、澳大利亚等地区迁徙过来。被列为保护之列的珍稀候鸟就有130多种,其中有白额雁、绿鹭、中白鹭、黑脸琵鹭等一、二类保护鸟类。保护区划为三个功能区:一是一级保护核心区,让小天鹅等珍稀鸟类集中栖息;二是二、三级保护区,为缓冲保护和科学试验区;三是观赏区,接待游客。在这长江与大海拥抱,最早迎接太阳东升的地方,可泛舟湖上,纵情苇海。在观鸟的季节里,可以在这里看到大片鸟群像天上的白云般飘移而至。

东滩观鸟

后记

永远拍不完的上海

很多人都说我很偏执，为什么只拍上海，而且一拍就是将近40年。我想这大概就是上海的魅力吧，能够让我将摄影的热情全部倾注在这一座城里，也让能够我体验到摄影带给我的视觉和心灵上的冲击，这种真实感直击心底。

摄影天然具有的纪实功能，填补了许多历史上的空缺，其时间深度和空间广度的魅力不言而喻，直到现在我仍清晰记得年少时第一次翻看《美国国家地理》杂志时的触动。完全不同的世界，完全不同的摄影，让我有了拿起相机的冲动。但摄影从来都不只是艺术形式或者技巧，作为文化现象，它能够发现生活和人性的不同层面，可以串起历史和未来的思考。而上海，则成了我深度挖掘的最佳拍摄对象。

城市奔跑的脚步太急促，上海也不例外，从改革开放的"后卫"一跃到时代发展前沿，上海城市精神几十年的嬗变，在这些真实写照中自然流淌，没有夸张和伪装，有的是朴素和平实。尽管一些细节可能已模糊，色彩也不如当年那么鲜艳，但它们浸润着岁月的痕迹，散发出厚重的气息。

上海不断地在与时代共进中成长，我也在亲身经历上海人多年的生活轨迹。从20世纪80年代登上十六铺码头的那些身影到虹桥机场踏上国土的归国华侨，从人潮涌动的自行车大军到"横霸"街头的"巨龙"

永远拍不完的上海

车阵,从浪漫绵长的外滩情人墙到董家渡一路热闹喧嚣的石库门里弄……90年代,浦江两岸折射出大都市在经济复兴时代特有的姿态,南浦大桥、杨浦大桥的从无到有,苏州河的变迁、白莲泾的拆迁、世博园的前世今生,上海整座城市在新旧交替之间的艰难和复苏,构成了一幅幅斑斓而有趣的画面,让我舍不得放下手中的相机。

对于上海城市的影像,虽有文献记录,更需研究解读。城市发展的空间不仅仅意味着要一直向前看,憧憬着未来,也许有必要回头看看走过的路,适当放缓前进的脚步,看看这些照片里曾经的生活,挖掘这些城市影像中的社会价值。我觉得,这样的命题是每一个摄影人都想要追求的。因为摄影的真诚永在,上海的魅力永存。

陆杰

2019年6月

图书在版编目(CIP)数据

诗画上海/李军主编;褚建君作诗;陆杰摄影;张曦文撰文.—上海:
复旦大学出版社;北京:中国大百科全书出版社,2019.8
(诗画中国大型丛书)
ISBN 978-7-309-14239-6

Ⅰ.①诗… Ⅱ.①李…②褚…③陆…④张… Ⅲ.①诗词-作品集-中国-当代
Ⅳ.①I 227

中国版本图书馆 CIP 数据核字(2019)第 174226 号

诗画上海
李 军 主编 褚建君 作诗 陆 杰 摄影 张曦文 撰文
责任编辑/张志军

复旦大学出版社有限公司出版发行
上海市国权路 579 号 邮编:200433
网址:fupnet@fudanpress.com http://www.fudanpress.com
门市零售:86-21-65642857 团体订购:86-21-65118853
外埠邮购:86-21-65109143 出版部电话:86-21-65642845
上海丽佳制版印刷有限公司

开本 787×960 1/16 印张 18 字数 223 千
2019 年 8 月第 1 版第 1 次印刷

ISBN 978-7-309-14239-6/I·1145
定价:78.00 元

如有印装质量问题,请向复旦大学出版社有限公司出版部调换。
版权所有 侵权必究